AULASKIMO

Arne Ulbricht

Viel Spaß
mit dem Buch
wünscht
[illegible]

EDITION OUTBIRD

IMPRESSUM

1. Auflage: Februar 2022

www.edition-outbird.de

Covergestaltung: Arne Ulbricht, Tristan Rosenkranz
Lektorat: Vanessa-Marie Starker, Tristan Rosenkranz
Buchsatz: Benjamin Schmidt
Herausgeber: Tristan Rosenkranz, Peter Peukert

ISBN: 978-3-948887-21-6
Preis: 16,00€

INHALT

Für meine Frau und Kinder, ohne die ich nie auf die Idee zu diesem Roman gekommen wäre. Und für Carsten, der seit 1999 meine Bücher liest.

STÖRUNG IM BETRIEBSABLAUF

„Komm, lass die beiden mal alleine fahren."

„Dürfen wir wirklich?"

„Au ja!"

„Sag mal ... meinst du nicht, dass sie dafür noch zu jung sind?"

„Sind wir gar nicht!"

„Nein, sind wir nicht!"

„Ach was, die schaffen das schon. Außerdem sollen sie ja auch gleich bei der nächsten Station aussteigen und auf uns warten."

„Das machen wir!"

„Genau!"

„Wie kommst du bloß auf so eine bescheuerte Idee?"

„Dazu stand neulich mal was in der Zeitung. So ein Artikel über Großstadtkinder, die ab einem gewissen Alter lernen müssen, sich allein im Verkehr zurechtzufinden. So wie Kinder auf dem Land lernen müssen, sich im Wald..."

„Schön, Linus ist sieben."

„Ich werde in ... fünf Monaten acht!"

„Aber du *bist* sieben, und Meret ist..."

„Vier bin ich!"

„Genau ... und deshalb können die beiden doch nicht einfach mal so, weil du was gelesen hast, allein in die S-Bahn steigen."

„Also ich bin in dem Alter auch schon allein Bus gefahren."

„Mit ... vier?"

„Nein, mit sieben."

„So so. Du bist allerdings in Husum aufgewachsen. In ganz Husum ist nicht so viel los wie an der nächsten Station. Und an einem Samstag ist am Bahnhof Zoo nicht nur viel los, da ist die Hölle los."

„Aber es ist ja nicht so, dass die Kinder noch nie am Bahnhof Zoo gewesen wären."

In diesem Augenblick fuhr die S7 in Richtung Potsdam ein.

„Und ... dürfen wir jetzt?", fragte Linus, als sich die Türen der S7 öffneten.

„Nein", sagte Xenia.

„Doch, springt ruhig rein. Wartet am Bahnhof Zoo genau dort, wo ihr aussteigt, wir nehmen die nächste S-Bahn", sagte Klaas.

Linus schaute seine Mutter an, die die Achseln zuckte. Dann nahm er Meret an die Hand und wollte einsteigen.

„Meret ... bleib du lieber hier", sagte Xenia.

„Ach nö", sagte Meret und sprang ihrem Bruder hinterher.

Als die Türen sich bereits schlossen, sahen Klaas und Xenia, wie sich ihre Kinder auf einen Vierer zu einem Mann setzten, den Klaas auf mindestens siebzig schätzte und der einen auffälligen, rosafarbenen Schal trug. Anstatt aus dem Fenster zu schauen und seinen Eltern zuzuwinken, fing Linus sofort zu erzählen an. Der Mann lachte, kramte in seiner Manteltasche und hielt plötzlich eine Tüte mit Gummibärchen in der Hand. Dann fuhr die S-Bahn los.

„Du, hast du das gesehen ... der alte Mann hat ... er hat..."

„Ja ja, habe ich gesehen, aber..."

„Aber was? Kannst du mir mal erzählen, was so einer mit

Gummibärchen will? Der hat sie bestimmt nur dabei, weil er darauf wartet, dass irgendwelche Eltern so bekloppt sind wie wir."

„Ach komm schon."

„Und hast du den Schal gesehen?"

„Ja, habe ich."

„Der Schal war rosa!"

„Ja ... ich weiß..."

„Ein Mann, der so einen Schal trägt, und das an einem solchen Tag, der muss ja wohl ein bisschen gestört sein."

Klaas sagte nichts dazu. Dass es sich um einen Pädophilen auf Beutefang handelte, schloss er aus. Es wimmelte geradezu von Menschen, die ihn beobachten und später auch identifizieren könnten. Xenia schüttelte den Kopf. Ob aus Wut oder Verzweiflung, wusste Klaas nicht.

„Hoffentlich kommt die nächste S-Bahn bald", sagte sie.

Sie hoffte allerdings vergeblich, denn in diesem Moment sagte eine weibliche, monotone Stimme: „Sehr geehrte Fahrgäste, in Richtung Spandau und Potsdam kommt es wegen einer Störung zu einer Verzögerung im Betriebsablauf. Wir bitten um Ihr Verständnis."

Xenia sagte irgendwas, was wie „mein Gott" klang, und Klaas guckte reflexartig in Richtung Anzeige. Dort lief ein Band, auf dem das stand, was die weibliche Stimme gesagt hatte und nun wiederholte: Dass es wegen einer Störung zu einer Verzögerung im Betriebsablauf komme. Dieses Mal präzisierte sie: Die nachfolgenden Züge verspäteten sich um zehn Minuten. Zehn Minuten klangen nach nichts. Aber an einer S-Bahnhaltestelle, wo alle drei bis vier Minuten eine S-Bahn einfuhr, bedeuteten zehn Minuten eine Ewigkeit. Vor allem dann, wenn man seine Kinder allein vorausgeschickt hatte.

„Lass uns ein Taxi nehmen", sagte Klaas.

„Das bringt doch nichts. Das Taxi muss doch um den Tiergarten herumfahren, während die S-Bahn einfach rüberfährt. Und außerdem müssten wir es erst bestellen", sagte Xenia.

Klaas schaute auf die Uhr. Es war bereits viertel vor eins. Klassische Mittagessen-Zeit. Auf die Currywurst, die sie immer aßen, wenn sie einen Ausflug in den Zoo machten, würden sie wohl noch warten müssen. Ob er einfach loslaufen sollte? Er bräuchte zehn Minuten bis zum Bahnhof Zoo. Aber wie viele Minuten waren schon vergangen seit der Durchsage? Zwei? Oder doch schon fünf?

„Hast recht. Versuch dir doch einfach keine Sorgen zu machen. Linus weiß sich immer zu helfen", sagte Klaas.

Xenia nickte, nahm seine Hand und drückte sie derart fest, als ließen sich die Kinder dadurch herbeizaubern. Hand in Hand warteten sie. Klaas traute sich nicht, auf die Anzeige zu gucken, weil er befürchtete, dass aus den angekündigten zehn Minuten eine halbe Stunde geworden war. Stattdessen schaute er in einer Tour auf seine Uhr und hatte den Eindruck, der Sekundenzeiger würde sich bei seinen Runden besonders viel Zeit lassen. Dieser Eindruck verschärfte sich, als sich die Lautsprecherstimme dafür entschuldigte, dass aus den zehn Minuten fünfzehn werden würden.

Als die S-Bahn endlich kam, stiegen Klaas und Xenia genau an der Stelle ein, an der auch Linus und Meret eingestiegen waren. Sie setzten sich nicht hin, sondern blieben im Türbereich stehen. Während Xenia auf den Boden starrte, schaute Klaas auf einen Vierer, auf dem vier Hertha-Fans mit Bierflaschen in der Hand saßen. Stimmt, dachte Klaas, Hertha hat ein Heimspiel. Er fragte sich, ob er die Kinder allein hätte S-Bahn fahren lassen, hätte er daran gedacht. Nein, wohl nicht. Zwar schlugen auch die aggressivsten Fußballfans nicht auf einen siebenjährigen Jungen und dessen vierjährige Schwester ein, aber das Gedränge in den einzelnen Bahnhöfen war ungleich höher an einem Heimspieltag.

Kaum war die S-Bahn im Bahnhof Zoo zum Stehen gekommen, schoben sich Klaas und Xenia durch die sich hineindrängelnden Hertha-Fans raus, und wenige Sekunden später schaute Xenia Klaas mit versteinerter, ängstlich wirkender Miene an: Die Kinder waren nicht auf dem Bahnsteig. Jedenfalls nicht an der Stelle, an der sie sie erwartet hätten. Während Xenia die Stellung hielt, lief Klaas den sich wieder mit Fans füllenden Bahnsteig auf und ab und rief im Zweisekundenrhythmus abwechselnd nach den Kindern. Sie hätten ... einer von ihnen hätte vorfahren müssen, um die Kinder in Empfang zu nehmen. Warum hatte er nicht wenigstens daran gedacht?

Dann stand Klaas wieder neben Xenia. Sie war längst weiß im Gesicht geworden und starrte mit unbeweglicher Miene auf die leeren Gleise. Wenn Klaas nicht gewusst hätte, was sie bedrückt, hätte er sie für eine Selbstmordkandidatin gehalten. Er nahm ihren Kopf, schaute sie an und drückte ihr einen flüchtigen Kuss auf die Lippen.

„Die Kinder ... sie ... sie sind nicht hier“, sagte er.

Bis dahin war es ein eher unspektakulärer Samstagvormittag gewesen. Unmittelbar nach dem Frühstück hatte Klaas noch kurz im Büchereck vorbeigeschaut, um sich zu vergewissern, dass alles in Ordnung war. Aber Ceyhan, die für die Gastronomie zuständig war und wie fünfundzwanzig aussah, obwohl sie schon vierzig war, und sein mittlerweile fünfunddreißigjähriger Buchhändler Hannes, der als Abiturient durchgegangen wäre, hatten wie immer alles unter Kontrolle und ihn mit den Worten „Jetzt geh‘ endlich mit Xenia und den Kindern in den Zoo“ weggeschickt. Dann hatte allerdings eine Stammkundin den Laden betreten, und Klaas hatte gar nicht anders gekonnt, als sie erstens persönlich zu beraten und zweitens über das April-Wetter zu rätseln. (Tagsüber war es warm, nachts frostig, und für den Nachmittag war ein heftiges Gewitter angekündigt.)

„Wir hätten nie direkt über den Laden ziehen sollen“, sagte Xenia, als er wieder die Wohnung betrat.

„Ist doch super, wir müssen nur die Treppe runtergehen und...“

„Genau das ist das Problem. Du bist montags bis freitags von acht bis acht im Laden, weil du meinst, dich auch ums Café kümmern zu müssen, obwohl Ceyhan das besser kann.“

„Ja, aber...“

„Nichts aber. Die Abmachung war, dass du zumindest an einem Tag in der Woche nicht im Laden bist.“

„Ich habe doch nur vorbeigeschaut.“

„Genau. Und die Nachmittagsschicht hast du zur Familienschicht erklärt.“

„Ja, denn samstags ist am meisten los. Und deshalb ist es fair, dass wir eine Schicht übernehmen. Dass wir mit den Kindern ausgerechnet samstags in den Zoo gehen, das hast übrigens *du* durchgesetzt, weil...“

„...da die Geschäfte aufhaben und...“

„...vor allem Linus auch gern mit seinem Papa in den Legoladen geht, ich weiß. Hast du schon hundertmal erklärt.“

„Leider hast du es hundertmal nicht begriffen.“

„Ach, komm schon.“

Klaas winkte ab und sagte nichts mehr. Wie oft hatten sie diese Diskussion schon geführt? Vielleicht nicht hundertmal, aber zwanzigmal bestimmt.

„Was soll's, bringt ja eh nichts", sagte Xenia mehr zu sich selbst als zu Klaas.

Sie ging ins Spielzimmer und erzählte den Kindern, dass sie wieder in den Zoo gehen wollten. Daraufhin stürzten sie jauchzend in ihr Schlafzimmer, in dem nur ein Hochbett und ein Kleiderschrank standen, und zogen sich an. Linus entschied sich für einen dünnen dunkelblauen Pullover und eine Jeans, Meret suchte sich einen roten Pullover mit silberner Glitzerprinzessin und eine lila Leggins mit rosa Blumen aus. Anschließend rannten sie ins Spielzimmer, in dem eine angefangene Legoritterburg darauf wartete, weitergebaut zu werden, und Plastikgeschirr und Ausmal- und Stickerhefte auf dem Boden verteilt waren. Hier suchten sie Sachen für den Ausflug zusammen, wobei Xenia ihnen half, während Klaas das Chaos Zeitung lesend aus den Augenwinkeln beobachtete. Wie jeden Samstag wunderte er sich darüber, dass sich die Kinder verhielten, als gingen sie zum ersten Mal in den Zoo. Als sie zum Aufbruch bereit im Flur standen, zeigte Meret ihrem großen Bruder, was sie alles in den Rucksack gepackt hatte:

- ✓ *ein Dutzend Pixibücher (davon acht Conni-Geschichten, die sie liebte)*
- ✓ *ihre mit Wasser gefüllte Pipi Langstrumpf-Trinkflasche*
- ✓ *eine kleine Puppe im Schlafanzug mit Schnuller im Mund, die Meret immer nur „mein Baby" nannte*
- ✓ *einen Apfel (den Xenia ihr gegen ihren Willen in die Hand gedrückt hatte)*

Linus zeigte ihr daraufhin, was *er* eingepackt hatte:

- ✓ *den Feuerkelch (Die ersten drei Harry-Potter-Bände hatte Xenia ihm vorgelesen, den vierten Band las Linus inzwischen allein, obwohl er nach Xenias und Klaas' Ansicht dafür viel zu jung war.)*
- ✓ *eine mit Wasser gefüllte Peter Pan-Flasche*
- ✓ *einen Apfel (den er freiwillig eingesteckt hatte)*
- ✓ *einen Noteuro*
- ✓ *eine kleine Stablampe, die sich auf den Boden stellen und wie eine Nachttischlampe benutzen ließ*

Die Taschenlampe nahm er überallhin mit. Er fragte, ob er nicht auch ein Taschenmesser und Streichhölzer einstecken dürfe, und natürlich begründete er seine Bitte mit einer Fülle von Argumenten, von denen das Argument, dass er sich im Zoo verlaufen könnte und gezwungen wäre, dort zu übernachten, sich ein Feuer zu machen und sich gegen freilaufende Tiere zu verteidigen, das originellste war. Es nützte aber nichts.

„Wollen wir nicht lieber alles in einen großen Rucksack stecken?", fragte Klaas.

„Ich trag meine Sachen allein", sagte Linus. „Ich bin ja kein Baby mehr."

„Und ich bin auch kein Baby mehr", sagte Meret.

„Denkt an eure Jacken!", sagte Xenia, woraufhin Linus und Meret ihre Regenjacken in ihre Rucksäcke stopften.

Dann verschwanden sie im Treppenhaus und man hörte sie die Treppen herunterrennen, als hätten sie Angst, dass es sich ihre Eltern noch anders überlegen könnten. Klaas, der davon ausging, irgendwann beide Rucksäcke tragen zu müssen, nahm nichts mit.

„Na komm“, sagte Xenia, die ihre Handtasche umhängte und ihm einen Kuss auf die Wange gab.

„Ich will einmal schaukeln“, sagte Meret, als sie auf halbem Weg an einem Spielplatz vorbeikamen.

Während Linus und Meret schaukelten, schaute Klaas Xenia an, die sich zu Klaas‘ Erstaunen nicht neben die Schaukel stellte, um auf Meret aufzupassen. (Was sie eigentlich immer tat, obwohl Meret noch nie von der Schaukel gefallen war.) Während er in seiner Bluejeans, seinem schwarzen Kapuzenpulli, seinen ausgetretenen Sambaturnschuhen und seinen zotteligen Haaren aussah wie ein Mann, um den sich die Frauen nicht mehr unbedingt rissen, so gehörte Xenia in ihrer eng anliegenden schwarzen Jeans, ihrem dünnen lila Pullover, der ihre weibliche Figur zur Geltung brachte, ohne dass es aufdringlich wirkte, den schwarzen Sommerschuhen und den auf die Schulter herabfallenden, schwarz glänzenden Haaren zu den Frauen, denen vermutlich selbst Studenten hinterherguckten und Männer ab dreißig sowieso.

Schließlich gingen sie, ohne dass sie darüber gesprochen hätten und ohne konkreten Anlass, weiter zur S-Bahn-Station Tiergarten, obwohl sie meistens zu Fuß zum Zoo gingen. Wie der Tag verlaufen könnte, wusste Klaas in jenem Moment nicht. Aber die Möglichkeit, dass er zum Albtraum werden würde, hätte er gewiss ausgeschlossen.

DIE SUCHE BEGINNT

Xenia atmete langsam ein und aus. So, als hätte sie Angst, das Atmen andernfalls zu vergessen. Sie gingen zu einem glatzköpfigen, älteren Mann, der in seiner Uniform wie ein klassischer Schaffner aussah. Nachdem Xenia mit immer wieder stockender Stimme erzählt hatte, was geschehen war, winkte er ab und sagte, dass das immer wieder vorkomme. Er ließ die Kinder ausrufen. Wenige Minuten später ließ er sie erneut ausrufen. Das Gleis, auf dem Klaas und Xenia warteten, wurde klar und deutlich genannt. Alles an dem Ausruf war klar und deutlich, und Linus hätte gewiss keine Probleme gehabt, das richtige Gleis zu finden. Vorausgesetzt ... er hörte den Ausruf. Klaas ließ Xenia, die inzwischen nicht mehr langsam, sondern stoßweise atmete, beim Schaffner stehen und fuhr mit der Rolltreppe hinab in die Bahnhofshalle. Es war nicht ausgeschlossen, dass Linus Meret überredet hatte, mit ihm in den Zeitschriftenladen zu gehen, um in irgendwelchen Comics zu blättern. Aber auch hier waren sie nicht, und der Verkäufer erinnerte sich nicht daran, sie gesehen zu haben. Klaas wischte sich über die Stirn. Er hatte nicht gemerkt, dass er begonnen hatte zu schwitzen. Inzwischen rann der Schweiß seine Stirn herunter und brannte in seinen Augen. Xenia schüttelte den Kopf, als er endlich wieder neben ihr stand.

„Die Kinder sind weg … was … was machen wir jetzt bloß?", sagte sie mit einer Stimme, die nicht mehr als ein Krächzen war.

„Sie könnten die Polizei rufen", sagte der Schaffner, der noch immer neben ihnen stand.

„Noch nicht", sagte Klaas.

Dann schaute er Xenia an.

„Oder was meinst du?"

Xenia zuckte die Achseln, während der Schaffner von Touristen auf irgendeiner Sprache angesprochen und in ein Gespräch verwickelt wurde. Sie wischte sich mit dem Ärmel die Tränen aus dem Gesicht.

„Keine Ahnung."

Nach einer kurzen Pause fügte sie hinzu: „Ich habe einfach Angst."

Anschließend standen sie eine Weile schweigend auf dem Bahnsteig und schauten sich um, als handelte es sich bei ihnen um Dorfbewohner, die keine Ahnung haben, wie man sich auf einem Bahnhof mit mehr als einem Gleis verhält. Die Zeit verstrich quälend langsam. Wären sie zu viert geblieben, wären sie zu den Rolltreppen gegangen und hinunter in die Halle gefahren, und wenn irgendjemand zu ihnen gesagt hätte, dass das Chaos auf den Bahnsteigen fürchterlich sei, hätten sie gefragt: Welches Chaos? Aber sie waren nicht zu viert. Deshalb beobachteten sie mit stillem Entsetzen, wie eine Handvoll Polizisten am Ende des Bahnsteigs mit einem Dutzend Fans um eine Fahne kämpfte, die die Fans zuvor offensichtlich irgendwo nicht ganz legal befestigt hatten.

„Ich … ich finde, dass wir die Polizei einschalten sollten. Und zwar jetzt", sagte Xenia.

„Das ist zu früh. Die sind bestimmt irgendwo hier in der

Nähe. Und Linus passt ja auf Meret auf. Bei Kindern ... da leiten sie doch bestimmt gleich einen Großeinsatz ein."

„Ja, und wenn?"

Wieder kam eine Horde Fans die Treppen hoch und schwappte wie die ersten Ausläufer einer Flut über den Bahnsteig. Die Männer hatten Bierflaschen in der Hand und grölten ihren bekloppten Lieblingsschlachtruf Ha Ho He – Hertha BSC. Mit einem Gefühl der Beklemmung verfolgte Klaas, wie sich die Massen aus der S-Bahn herausschoben, während sich Fans, Touristen und ein paar Berliner in die S-Bahn hineinschoben, als ließe sich auf diese Weise Zeit gewinnen. Es entstand ein hässliches Gedrängel, das jeden Großstadt-Skeptiker endgültig davon überzeugt hätte, dass das Leben auf dem Land dem Leben in einer Stadt wie Berlin vorzuziehen sei.

„Ich will noch raus", schrie irgendjemand.

„Kein Problem, kein Problem, nächste Station kannste raus", lallte ein Fan.

Und dann gingen die Türen zu und das Chaos fand sein vorläufiges Ende. Die S-Bahn, in die die Kinder eingestiegen waren, war nicht derart überfüllt gewesen. Aber angenommen, beim Bahnhof Zoo hätte sich ebenfalls eine solche Menschenmenge ohne Rücksicht auf Verluste in die S-Bahn gequetscht? Wie wären Linus und Meret mit einer solchen Situation umgegangen? Linus konnte sich durchaus durchsetzen. Er rief, wenn er feststeckte, mit kindlich kreischender Stimme: Lasst uns raus! Oder: Mach Platz! Oder: Weg da! Und Meret ... schob sich einfach zwischen den Beinen durch und schien auch im unübersichtlichsten Chaos eher die sportliche Seite zu sehen. So verhielten sich die Kinder jedenfalls, wenn Xenia und Klaas Rückendeckung gaben und helfen konnten, wenn gar nichts mehr ging. Klaas hatte noch nie Anlass gehabt sich zu überlegen, wie sie sich ohne Eltern in einem solchen Fall verhielten.

„Was ist jetzt?“, fragte Xenia.

Klaas sagte nichts, weil ihm nichts einfiel. Xenia zupfte ihm daraufhin am Pullover, als sei er eingeschlafen und müsste geweckt werden.

„Hey, ich warte auf eine bessere Idee. Ich bleibe hier jedenfalls nicht stehen und drehe Däumchen“, sagte sie.

Dabei sah sie ihn an, als würde sie sich innerlich auf einen Streit oder mehr vorbereiten.

„Ich zähle bis drei. Wenn du bis dahin keinen Vorschlag gemacht hast, rufe ich die Polizei. Also: eins ... zwei ...“

„Die ... die Kinder sind doch vielleicht einfach schon losgegangen. Ich finde es zu früh für die Polizei. Linus bekommt bestimmt ein schlechtes Gewissen, wenn wir wegen ihm die Polizei gerufen haben.“

„Also bleiben wir hier wirklich stehen, warten und...“

Klaas unterbrach sie sofort und sagte: „Was hältst du davon, wenn einer von uns einfach beim Zoo vorbeischaut und guckt, ob sie da irgendwo sind?“

Xenia sah ihn an und schien über seinen Vorschlag nachzudenken. Dann nickte sie.

„Ja, vielleicht hast du recht.“

Während sie auf dem Bahnsteig wartete, lief Klaas los und drängelte sich eine Minute später an den Schlangen vor den Kartenhäuschen vorbei. Bei der Drehtür blieb er stehen und fragte einen schnurrbärtigen Zooangestellten nach Linus und Meret.

„Ich habe tausend Kinder gesehen“, sagte der Mann.

„Ja, aber es geht um diese Kinder“, sagte Klaas und zeigte ein Handyfoto.

„Standen die beiden hier und sahen aus, als würden sie auf ihre Eltern warten?“

Der Mann warf einen flüchtigen Blick aufs Display.

„Nee, glaube ich nicht. Aber kann natürlich sein. Sie sehen doch, was hier los ist.“

Jetzt rief Klaas nach Linus und Meret und schaute in alle Richtungen. Einige Eltern nahmen ihre eigenen Kinder daraufhin an die Hand, als müssten sie vor so einem Irren beschützt werden, was Klaas egal war. Als er sie nicht sah und niemand auf seine Rufe reagierte, rannte er zurück. Selten zuvor hatte er das Gefühl gehabt, es derart eilig zu haben. Xenia stand noch an derselben Stelle. Es schien fast so, als handelte es sich bei ihr um eine Wachsfigur. Als Klaas sie ansprach, drehte sie wie in Zeitlupe ihren Kopf in seine Richtung.

Bevor sie etwas fragte, sagte er: „Die Kinder waren nicht da. Was hältst du davon, wenn ich erst mal eine Station weiterfahre und dort suche? Und du wartest hier, falls die Kinder doch noch kommen. Kann doch gut sein, dass sie es nicht rausgeschafft haben oder einfach nicht rechtzeitig aufgestanden sind.“

Xenia sah ihn mehrere Sekunden lang vollkommen ausdruckslos an. So, als hätte er sie in einer unbekannten Sprache angesprochen. Dann sagte sie: „So verlieren wir doch bloß Zeit. Wenn etwas passiert ist, dann...“

„Es ist nichts passiert. Jedenfalls nichts Schlimmes. Linus und Meret sind doch nicht an einem Samstag am helllichten Tag mitten in Berlin gekidnappt worden.“

Und während er das sagte, glaubte er es wirklich. In diesem Moment fuhr die nächste S-Bahn Richtung Spandau ein. Klaas schaute Xenia an. Xenia, die seinen fragenden Blick stumm erwiderte, wirkte ratlos. Dann nahm sie Klaas' Kopf in beide

Hände und drückte ihre salzig schmeckenden Lippen derart fest gegen seine Lippen, als wüsste sie nicht, ob sie ihn jemals wiedersehen würde.

„Na mach schon“, sagte sie, als sie sich voneinander gelöst hatten.

Sie schob ihn geradezu in die S-Bahn, in der es schwierig war, zwischen den Fans wenigstens einen Stehplatz zu bekommen.

„Viel Glück...“, rief sie, bevor sich die Türen schlossen.

Klaas nickte und versuchte zu lächeln. Ob es ihm gelungen war, wusste er nicht. Vielleicht warteten die Kinder tatsächlich am Savignyplatz. Sollten sie es jedoch nicht tun und sollte er mit leeren Händen zurückkommen und auch Xenia die Kinder nicht gefunden haben, war nicht ausgeschlossen, dass sie – Xenia und er selbst – die Nerven verlieren würden und die Situation endgültig aus dem Ruder liefe. Wie es dann weitergehen würde, wusste Klaas nicht. Vielleicht käme Xenia auf die Idee, ihn daran zu erinnern, dass sie Linus längst ein GPS-Handy hatte kaufen wollen und er dagegen gewesen war. („Ein Kind will auch mal alleine sein und das Gefühl haben, nicht immer kontrolliert zu werden!“) Und wenn sie ihm so käme, was sollte er dann sagen? Die Wahrheit war: Er war tief in seinem Inneren noch immer der Meinung, dass ein siebenjähriger Junge kein Handy brauchte. Und erst recht kein GPS-Handy. In der Vergangenheit waren solche Gespräche immer harmlos verlaufen. So wie ihre Samstagmorgen-Diskussionen war es eher wie ein Spiel gewesen, bei dem jeder seine einstudierte Rolle gespielt hatte und wahrscheinlich enttäuscht gewesen wäre, hätte der eine dem anderen plötzlich Recht gegeben. Und da Xenia sich *immer* durchsetzte, wenn sie sich wirklich durchsetzen wollte, war Klaas stets davon ausgegangen, dass selbst Xenia die Ausstattung ihres siebenjährigen Sohnes mit einem

Sicherheitshandy für übertrieben gehalten hatte. Aber nun waren die Kinder weg.

Klaas schaute auf seine Uhr. Es war zwanzig vor zwei. Er rechnete und spürte einen Stich in seiner Magengegend. Fast eine Stunde waren die Kinder allein. Vermutlich waren sie inzwischen hungrig. Klaas selbst hätte eigentlich auch Hunger haben müssen. Aber die Leere, die er in sich spürte, hatte nichts mit Hunger zu tun. Hätte er doch bloß geschwiegen... Der Tag hatte so entspannt begonnen, und vielleicht würde der Tag noch entspannt enden. Ja, vielleicht würden sie in einer halben Stunde schon über das Chaos, das die Kinder und vor allem Klaas angerichtet hatten, lachen können. Denn die Kinder saßen wahrscheinlich wirklich auf dem S-Bahnhof Savignyplatz, weil sie zu weit gefahren waren, und Meret fragte gerade nach Mama und Papa und Linus erfand irgendeine verrückte Geschichte. Vielleicht waren sie aber auch in der S-Bahn sitzen geblieben, weil der Mann mit dem rosa Schal so eifrig Gummibärchen verteilt hatte. Bei diesem Gedanken lächelte Klaas nicht mehr. Hätte er diesen Mann bloß nicht gesehen. Er wollte nicht an ihn denken. Er sagte es sich immer wieder, doch es nützte nichts. Wie ein böser Geist, der gar nicht daran dachte, sich vertreiben zu lassen, blitzte das Gesicht des Mannes fortwährend auf. Vielleicht waren sie tatsächlich mitgegangen... Dann saßen sie gerade beim Mann in seiner Zweizimmerwohnung und aßen Nudeln. Und zum Nachtisch Götterspeise, die er für solche Fälle immer im Kühlschrank aufbewahrte. Nicht auszudenken, wenn dem so wäre.

Die Türen schnellten auf. Er stieg aus, schaute sich um und sah einige Fußballfans, die auf ihn wirkten wie Zombies aus einem B-Movie, und einen Obdachlosen. Aber seine Kinder, die sah er nicht. Er gab sich einen Ruck und ging auf den

Obdachlosen zu. Er saß auf einer Bank, von der aus er einen guten Überblick über den gesamten Bahnsteig hatte, und hielt einen Tetra Pak Rotwein in der Hand.

„Sagen Sie, haben Sie zufällig zwei Kinder gesehen?", fragte Klaas.

„Was?", krächzte er mit der Stimme eines Menschen, der selten Gelegenheit hatte, mit irgendjemandem zu sprechen.

„Haben - Sie - zwei - Kinder - gesehen?"

„Kinder?"

„Ja, zwei Kinder", sagte Klaas und zeigte dem Obdachlosen auf dem Handy ein Foto seiner Kinder.

Er schaute sich das Foto lange an. Dann nahm er einen Schluck Wein aus dem Tetra Pak.

„Nö, hab ich nicht gesehen", sagte er.

Wäre auch zu schön gewesen. Die S-Bahnstation lag wie fast alle S-Bahnstationen nicht ebenerdig, und da Meret gern Treppen heruntersprang und noch lieber mit der Rolltreppe fuhr, lief Klaas die Treppen hinunter. Vielleicht saßen sie ja auf irgendeiner Bank auf dem Savignyplatz und aßen ihre Äpfel. Der Savignyplatz war eine überschaubare Grünanlage, die von der Kantstraße geradezu durchschnitten wurde. Klaas benötigte nur wenige Minuten, um sich sicher zu sein, dass die Kinder sich hier nirgendwo aufhielten. Sollte er in den zahlreichen Cafés nachfragen? Nein, in ein Café hätten sie sich mit Sicherheit nicht gesetzt.

Plötzlich zuckte er zusammen: Er hörte, wie jemand von innen gegen eine wie ein Einmann-Wohnwagen aussehende öffentliche Toilette klopfte, und auf eine solche Idee käme nur ein Kind! Hätte Meret pinkeln müssen, hätte Linus gewiss nicht gezögert, mit ihr eine solche Toilette zu benutzen. Einen Euro hatte er ja. Noch immer wurde von innen geklopft. Klaas erwiderte das Klopfen und rief währenddessen die Namen der Kinder. Als sich die Toilettentür wie in Zeitlupe automatisch aufschob, lachte Klaas. Das Handy hatte er schon in der Hand, um Xenia sofort anzurufen. Doch als sich die Toilettentür so weit geöffnet hatte, dass er reinsehen konnte, blickte er ins Gesicht einer älteren, übertrieben geschminkten Dame mit rotgefärbten Haaren, die ihn missbilligend anschaute. An der Hand hielt sie einen kleinen Jungen, vielleicht fünf Jahre alt, der absurd schick angezogen war. Bevor die Enttäuschung Klaas überwältigen konnte, klingelte sein Handy. Jemand – wahrscheinlich Hannes – rief aus dem Büchereck an. Er schaute das Handy an wie eine Vogelspinne, wäre sie ihm mitten in Berlin auf einem Bahnsteig über den Fuß gelaufen. Das Handy klingelte munter weiter. Sollte er abnehmen? Worüber sollte er mit Hannes reden? Plötzlich wusste er es, und von einer auf die andere Sekunde war das, was er verloren hatte, wieder da: Hoffnung, die Kinder ohne Hilfe wiederzufinden. Denn vom Bahnhof Zoo ging er selbst zwanzig Minuten zum Büchereck zurück. Linus und Meret bräuchten eine halbe Stunde. Vielleicht nicht mal eine halbe Stunde, weil sie manchmal, vor allem wenn sie aufgeregt waren, etwas ausgeheckt hatten oder einen Überschuss an Energie loswerden mussten, einfach liefen, um von Punkt A nach Punkt B zu kommen. Klaas drückte auf die Taste mit dem grünen Hörer.

„Sind sie da?“, fragte Klaas.

Hannes stutzte. Was los sei?

„Ach nichts“, sagte Klaas.

Wenn die Kinder im Büchereck gewesen wären, hätte Hannes gewusst, was los war. Dort, wo zuvor noch die Hoffnung gewesen war, war nur noch ein tiefes, schwarzes Loch. Aber Hannes kannte Klaas viel zu lange, um sich mit einem „ach nichts“

abzufinden. Doch, es sei etwas, sagte er und fragte, wer genau da sein sollte.

„Die Kinder sind weg", sagte Klaas.

Weg?

„Ja, weg, aber noch nicht lange, wir haben gerade erst mit der Suche begonnen."

Ob sie schon die Polizei eingeschaltet hätten. Klaas zuckte zusammen, als hätte ihn jemand angerempelt. Die Polizei ... ja, vielleicht hätten sie sie tatsächlich sofort einschalten sollen.

„Nein", sagte Klaas, und dann: „Sag mal, warum rufst du eigentlich an, das tust du doch sonst nie."

Wegen einer Kundin, die behaupte, Klaas habe ihr gesagt, sie könne heute *Der Alchimist* von Coelho abholen. Und sie sage, sie verlasse erst das Büchereck, wenn er mit Klaas gesprochen habe, sagte Hannes. Klaas hörte an seinem Tonfall, wie leid es ihm tat, ihm wegen einer solchen Lappalie wie ein Berufsanfänger mit einem Ich-lerne-noch-Schild auf der Brust hinterhertelefoniert zu haben.

„Sag ihr, sie soll was Besseres lesen."

Er werde ihr *Trainspotting* empfehlen, sagte Hannes und versprach sich zu melden, sobald die Kinder auftauchten, und er und Xenia sollten sich wenigstens ums Büchereck keine Sorgen machen. Er bleibe da bis acht und schließe dann.

„Du hast um vier Feierabend."

Nein, habe er nicht, und Ceyhan auch nicht, sagte er und legte auf, bevor Klaas irgendetwas sagen konnte. Als er wieder auf dem Bahnsteig stand, klingelte erneut das Handy. Sein Herz begann derart zu rasen, als er Xenias Nummer sah, dass Klaas sich an die Brust fasste. Es hätte ihn nicht gewundert, hätte sein Brustkorb vibriert. Hoffentlich hat sie gute Nachrichten, dachte er. Klaas merkte allerdings schon an Xenias Begrüßung, dass das nicht der Fall war. Sie sagte, dass er seit über einer halben Stunde weg sei. Er entschuldigte sich, erzählte von Hannes' Anruf und sagte, dass er zurückkomme und sie dann weitersehen müssten. Zu mehr reichte es nicht. In dem Augenblick, in dem er in eine S-Bahn Richtung Bahnhof Zoo stieg, überfiel ihn plötzlich eine Ahnung, die finster und bedrohlich war. In letzter Sekunde sprang er durch den schmalen Spalt der sich bereits schließenden Türen wieder heraus und ging zum Obdachlosen, der an einem Zigarettenstummel zog.

„Ah, der Mann, der seine Kinder sucht", sagte er, als er Klaas auf sich zukommen sah.

Dabei wirkte er so, als freue er sich über die Abwechslung. Und dass er sich an Klaas erinnerte, war kein schlechtes Zeichen. Offensichtlich hatte er noch nicht sein ganzes Gehirn weggesoffen.

„Genau, jetzt suche ich einen Mann, einen auffälligen, älteren Mann mit einem Schal, genauer gesagt mit einem..."

„...rosa Schal? Den habe ich gesehen!"

Das gibt es doch nicht, dachte Klaas, der am ganzen Körper leicht zu zittern begann.

„Hatte der Mann Kinder an der Hand gehabt?", fragte er.

„Keine Ahnung."

„Das hätten Sie doch sehen müssen."

„Nein, ich habe nur auf den Schal geachtet. War schon eine komische Erscheinung, der Typ. Seine Arme hingen runter wie Spaghetti. Kann schon sein, dass da Kinder dran waren, an den Händen, meine ich."

Klaas entfernte sich rückwärtsgehend vom Obdachlosen, der genüsslich am Zigarettenstummel zog, und stieg in die nächste S-Bahn. In der S-Bahn starrte ihn eine ältere Dame an, als hätte sie noch nie einen Mann seines Alters gesehen.

„Junger Mann ... setzen Sie sich doch. Ich steige eh gleich aus“, sagte sie.

Klaas zögerte einen Augenblick. Dann zuckte er die Achseln, bedankte sich und ließ sich auf den Sitz fallen. Kaum saß er, fuhr die S-Bahn im Bahnhof Zoo ein. Klaas stellte sich an die Tür und sprang in dem Moment, in dem sie aufschnellte, auf den Bahnsteig. Xenia sah ihn und fiel ihm in die Arme. Sie weinte nicht, sie heulte.

„Wir ... lass uns ... wir müssen die Polizei einschalten“, sagte Klaas mit mechanischer Stimme.

Xenia sah ihn mit einem Blick an, als wollte sie ihm sagen, dass genau das ihr erster Vorschlag gewesen war. Er befürchtete, sie würde ihn vor Wut und Verzweiflung anbrüllen.

Doch sie nickte nur.

ERSTE STURMBÖEN

„Oh mein Gott“, flüsterte Xenia, kaum hatten sie das Bahnhofsgebäude verlassen.

Sie zeigte schräg nach oben. Nun sah auch Klaas, wie der kräftiger werdende Wind eine schwarze Wolkenwand in ihre Richtung schob. Die Wolkenwand war wie eine unmissverständliche Botschaft: Sie mussten die Kinder finden, bevor das Unwetter die Suche behindern, wenn nicht gar unmöglich machen würde.

„Komm ... ein Grund mehr, die Polizei einzuschalten. Lass uns einen Polizisten suchen“, sagte Klaas und nahm Xenia an die Hand.

Die Suche nach Polizisten war nicht besonders kompliziert. Während auf den Bahnsteigen vor allem Sicherheitspersonal gewesen war, so stolperte man vor dem Gebäude geradezu über reguläre Polizisten. Klaas sprach eine von einem älteren Polizisten begleitete auffallend junge Polizistin an, die so klein war, dass Klaas sich fragte, ob es bei der Polizei überhaupt noch so etwas wie eine Mindestgröße gebe. Mit ihren Sommersprossen und ihrem roten, zum Zopf zusammengebundenen Haar wirkte sie, als wäre Pipi Langstrumpf erwachsen geworden. Der Polizist wiederum hatte eine gewisse Ähnlichkeit mit Horst Tappert als Derrick in den späten Folgen und strahlte auch nicht mehr Energie aus. Klaas schilderte diesem eigenartigen Duo, was seit dem Moment, als Linus und Meret allein in die S-Bahn gestiegen waren, geschehen war. Xenia stand wie eine stumme Zeugin neben ihm. Als Klaas sagte, wen der Obdachlose gesehen hatte, zog Xenia ihre Hand jedoch weg, als hätte sie einen Schlag bekommen. Augenblicklich bereute Klaas, ihr nicht gleich von der Beobachtung des Obdachlosen erzählt zu haben.

„Entschuldige ... ich wollte dich nicht noch mehr beunruhigen...", sagte er.

Xenia schaute ihn an. Dann streichelte sie ihm einmal über die Wange, nahm seine Hand und beschrieb den Mann mit dem rosa Schal so exakt, als hätte sie vor Kurzem ein Portrait von ihm angefertigt.

„Wir glauben ... wir befürchten..."

Weiter kam sie nicht.

„Machen Sie sich bitte erst einmal keine Sorgen. Solche Fälle enden fast immer damit, dass wir die Kinder gesund und munter wiederfinden. Meistens haben sie sich einfach verlaufen. Manchmal werden sie durch irgendetwas abgelenkt und vergessen die Zeit. Gerade neulich haben wir ein als vermisst gemeldetes Kind auf dem Breitscheidplatz gefunden. Dort stand es und hatte offensichtlich stundenlang Straßenkünstlern zugeguckt", sagte die Polizistin.

„Was meinen Sie mit *fast*?", fragte Xenia.

„Es kann halt immer was passieren. Aber vor allem bei Kindern sind wir auch oft in der Lage, Schlimmeres zu verhindern. Und deshalb leiten wir jetzt sofort die Fahndung ein."

Xenia nickte wie in Zeitlupe.

„Wir bräuchten zunächst ein Foto Ihrer Kinder und Ihre Personalien", sagte der Polizist.

Noch auf der Straße reichten sie dem Polizisten ihre Personalausweise und diktierten ihm ihre Handynummern, die der Polizist notierte und die Polizistin direkt in ihr eigenes Handy speicherte. Anschließend gab Xenia dem Polizisten das aktuellste der drei Fotos aus ihrem Portemonnaie und schickte eine ganze Auswahl an Handyfotos der Polizistin. Im selben Augenblick rollte ein Streifenwagen auf sie zu und hielt neben ihnen. Sie sollten auf der Rückbank Platz nehmen. Der Fahrer sagte, er heiße Herr Gülhan, warf einen Blick auf die Fotos, sagte, dass die Kinder süß seien und fügte hinzu, er selbst habe auch zwei Kinder. Und sie sollten sich keine Sorgen machen, der große Bruder passe bestimmt auf seine kleine Schwester auf. Der Polizist auf dem Beifahrersitz hieß Lange, war ein wenig älter als Herr Gülhan und trug einen derart vollen Vollbart, dass man ihn problemlos undercover in der Islamistenszene hätte ermitteln lassen können. Er erkundigte sich, nachdem er ebenfalls einen Blick auf die Fotos geworfen hatte, nach ihren Berufen.

„Ich bin Buchhändler", sagte Klaas.

„Oh, ich lese gern. Vor allem die Krimis von Volker Kutscher", sagte Herr Lange.

Xenia sagte nichts und Herr Lange fragte nicht weiter nach. Als Herr Gülhan erneut um die Beschreibung des Mannes mit dem rosa Schal bat, beschrieb Xenia ihn so detailliert wie zuvor.

„Na, wenn er hier herumläuft, werden wir ihn schon finden", sagte er und gab die Beschreibung an alle Funkstreifen weiter.

„Und dass der Mann einen rosa Schal trägt, hat nichts zu bedeuten. In Berlin gibt es schon lange nichts mehr, was es nicht gibt."

Xenia, die aus dem Fenster starrte, als hoffte sie, Linus und Meret könnten einfach auf dem Busbahnhof herumlaufen, schien ihn nicht gehört zu haben. Klaas schaute auf seine Uhr.

Es war halb drei. Die Kinder waren schon seit über zwei Stunden weg. Einfach weg! Im schlimmsten Fall zwei Stunden in der Hand eines Verrückten. Die Polizistin, die ihre gesamte Energie zu bündeln schien, um ihren Beitrag zur Lösung leisten zu können, kam noch einmal zum Streifenwagen.

„Mein Kollege macht sich auf den Weg zur Dienststelle und leitet von dort die Fahndung ein", sagte sie.

„Was ist eigentlich mit den Überwachungskameras?", fragte Klaas.

„Ach, wissen Sie, an einem solchen Tag ist es fraglich, ob man die Kinder überhaupt darauf sieht, und dann haben die Fans wohl auch irgendeinen Unsinn gemacht und eine Fahne über eine der Kameras gehängt. Außerdem bräuchten wir Sie für die Auswertung, aber viel dringender brauchen wir Sie eigentlich im Auto. Später vielleicht."

So viele Argumente, und jedes einzelne verstärkte das taube Gefühl der Machtlosigkeit.

„Okay, ich gehe gleich zum Zoo, zur Not auch ohne begleitenden Kollegen", sagte sie.

„Da war ich schon. Die Kinder sind dort nicht gesehen worden und die Familienkarte hat meine Frau", sagte Klaas.

„Sie können später hingegangen sein, um dort zu warten. Vielleicht hat sie auch eine Familie einfach schon mal mit reingenommen, es ist zumindest eine Chance. Und der Zoo war doch das gemeinsame Ziel, oder?"

Xenia nickte. Obwohl sie vollkommen abwesend gewirkt hatte, hatte sie offensichtlich zugehört.

„Ich schreibe einmal kurz in die Elterngruppe, vielleicht meldet sich ja jemand", sagte sie.

Klaas versuchte sie aufmunternd anzulächeln. Ob es ihm gelang, wusste er nicht. Und eigentlich war es auch egal, denn sie hatte nicht in seine Richtung geschaut. Und das war auch gut so. Denn wahrscheinlich hätte sie gesehen, dass er sich zum Lächeln hatte zwingen müssen. Wenn er ehrlich zu sich selbst war, hielt er es für ausgeschlossen, dass befreundete Eltern zu Linus und Meret gesagt hatten: „Hey ihr beiden, kommt doch schon mal mit uns mit!“ Es gab vermutlich auf dem gesamten Planeten niemanden, der sich in einem solchen Fall nicht sofort gemeldet hätte. Und Xenia hatte ihr Handy immer auf laut gestellt, weil sie unbedingt durchgehend für Merets Kita und Linus‘ Grundschule erreichbar sein wollte. Für den Fall der Fälle. Der nun eingetreten war. Allerdings weder in der Kita noch in der Schule.

„Ja, machen Sie das unbedingt. Wir...“, sagte die Polizistin und sprach den Satz nicht zu Ende.

Stattdessen fasste sie sich reflexartig an den Kopf. Doch es war zu spät. Eine Sturmböe hatte ihre Mütze heruntergerissen und sie wie eine Papiertüte einige Meter durch die Luft gewirbelt. Eine Meute Fans lachte grölend über die Polizistin, die wie eine Fliegenfängerin Jagd nach ihrer Mütze machte. Als sie sie endlich erwischt hatte, applaudierten sie ihr.

Nachdem die anwesenden Polizisten die Fans zurechtgewiesen hatten, fuhr der Polizeiwagen endlich los. Gleichzeitig schob sich die schwarze Wolkenwand über die Sonne und verdunkelte die Stadt, als würde es bereits dämmern.

„Schauen Sie aus dem Fenster“, sagte Herr Lange.

Xenias Handy piepte. Anstatt aus dem Fenster zu schauen, warf sie einen Blick aufs Display, schüttelte den Kopf und murmelte: „Bei uns sind sie nicht, wird schon alles gut werden, schreibt Maria.“

Wieder piepte es.

„Bei uns auch nicht. Kopf hoch.“

Und wieder.

„Wir haben auch nichts gehört. Macht euch keine Sorgen."

Dann steckte sie es in ihre Handtasche. Während der Polizeiwagen begann, ohne Eile die Straßen in unmittelbarer Nähe des Bahnhof Zoos entlangzurollen, legte Klaas seine Hand auf Xenias zusammengefaltete Hände, wo er sie ruhen ließ. Wann immer sie Kinder am Straßenrand sahen, hielten sie an, Herr Lange sprang heraus, sprach die Kinder an und zeigte ihnen eines der Fotos. (Kinder sehen oft mehr als Erwachsene, hatte ihnen Herr Lange erklärt.) Aber keinem Kind war ein Geschwisterpaar aufgefallen, das durch die Straßen irrte.

Die Zeit verstrich gnadenlos: Es war inzwischen kurz nach halb fünf. Die zweite Halbzeit war bereits angepfiffen. Im Stadion saßen wahrscheinlich gerade um die fünfzigtausend Menschen und hatten keine Ahnung, was für Ängste Xenia und Klaas aushalten mussten. Die Fans waren längst besoffen und jubelten ihrer Mannschaft zu. Die größtmögliche Katastrophe wäre an jenem Tag eine Niederlage ihrer Mannschaft. Doch schon morgen wäre das Einzige, was vom Frust übrigbliebe, ein Kater. Wie würden sich Klaas und Xenia fühlen, sollten Linus und Meret nicht bis zum Abend gefunden werden oder von sich aus auftauchen?

Jede Minute, die verstrich, war wie ein weiterer Schritt in Richtung Abgrund. Inzwischen fegten Sturmböen durch die Stadt, die selbst die durchtrainiertesten Männer wanken ließen. Eine Melone rollte einsam über den Weg. Es war ein Bild wie aus einem Weltuntergangsfilm von Roland Emmerich. Die Straßen hatten sich, ohne dass Klaas es gemerkt hatte, innerhalb der zurückliegenden halben Stunde geleert. Auf den Terrassen der Cafés und Restaurants waren die Stühle und Tische zusammengestellt und mit schweren Eisenketten aneinandergekettet.

„Mann, Mann, Mann, da braut sich ein Unwetter zusammen, wie ich es lange nicht mehr erlebt habe", sagte Herr Lange, als er wieder eingestiegen war.

Wie um seinen Eindruck zu bestätigen, trennte just in diesem Augenblick ein Blitz den schwarzen Himmel in zwei Hälften. Einige Sekunden vergingen. Dann knallte es. Kein Grummeln, das zu einem Donnern wurde. Einfach ein Knall. Die wenigen Menschen, die gegen den Sturm kämpften, zuckten zusammen. Auch Xenia zuckte zusammen. Anschließend erstarrte sie wieder.

Die Verzweiflung verwandelte sich zunehmend in eine dumpfe Angst. Klaas hatte sich in den Sitz gedrückt, als säße er beim Zahnarzt und müsste gerade eine schmerzhafte Behandlung über sich ergehen lassen.

Wo waren die Kinder?

„Ich habe da noch eine Idee", sagte Herr Gülhan und klang dabei so, als glaube er wirklich an seine Idee.

Ohne sich mit Herrn Lange abgesprochen zu haben, parkte Herr Gülhan den Wagen und ging geradewegs auf einen türkischen Mann zu. Bei diesem Mann handelte es sich um einen Lebensmittelhändler, wie es sie in Berlin viele gab. Sein Laden hätte eine 1a-Kulisse für einen klischeebeladenen Film über in Deutschland lebende Türken abgegeben. Vor dem Eingang lag eine einzelne Banane und wenn Bananen rund gewesen wären, wäre sie in Richtung Savignyplatz gerollt. Der Sturm war längst zu einer Kampfansage an die ganze Stadt geworden. Herr Gülhan half dem Mann und sprach mit ihm.

„Das ist Mehmet, ein Onkel von Herrn Gülhan", sagte Herr Lange.

Xenia reagierte nicht. Sie schaute aus dem Fenster und sah das, was auch Klaas sah: Blitze im Minutentakt. Mal erhellten sie wie ein Scheinwerfer den Himmel, mal erschienen sie in klassischer, gezackter Form. Es folgte brummelnder, hin und wieder krachender Donner. Klaas zweifelte nicht daran, dass dem Tag, an dem die Welt untergehen würde, ein solches Gewitter vorausginge. Auf den Straßen lagen Dutzende, zum Teil armdicke Äste, die Böen ausgerissen hatten, als handelte es sich um Streichhölzer. Klaas erinnerte sich nicht daran, dass Meret jemals ein solches Gewitter bewusst miterlebt hatte. Und selbst wenn dies der Fall gewesen sein sollte, dann waren Xenia und Klaas immer in ihrer Nähe gewesen.

Je genauer Klaas sich ausmalte, was den Kindern in den zurückliegenden Stunden zugestoßen sein könnte, desto heftiger glaubte er zu spüren, wie die Angst sich in ihm ausbreitete und keine anderen Gefühle mehr zuließ. Klaas versuchte sich abzulenken, indem er Herrn Gülhan beobachtete, der es gemeinsam mit seinem Onkel geschafft hatte, sowohl Kartons als auch Tische und Regale ins Innere des Ladens zu bringen. Noch immer unterhielten sie sich angeregt. Dann nickte Herr Gülhan und sah aus, als habe er eine Nachricht erhalten, von der er nicht wusste, ob sie gut oder schlecht war. In dem Moment, in dem Herr Gülhan die Tür öffnete, fielen die ersten Tropfen. Es waren wenige, aber dicke Tropfen, die vom Wind ins Auto getragen wurden. Nachdem die ersten Tropfen als Warnung vorausgeschickt worden waren, brachen die Wolken. Es war so, als hätte zuvor ein Staudamm versucht, die Wassermengen zu halten. Binnen Sekunden bildeten sich kleine Wasserläufe neben den Bürgersteigen. Herr Gülhan ließ sich in den Sitz fallen und rückte seine Mütze zurecht. Dann zeigte er auf einen etwa hundert Meter entfernt liegenden Häuserblock.

„Der Mann mit dem rosa Schal … der wohnt da vorne“, sagte er.

DIE ESKALATION

Ohne die Kinder gefunden zu haben, saßen sie kurze Zeit später wieder im Auto und schwiegen.

Nachdem ein Richter telefonisch die Durchsuchung „wegen Gefahr im Verzug" genehmigt hatte, hatten sie beim Mann mit dem rosa Schal, der mit Nachnamen schlicht Müller hieß, geklingelt und waren auf keinerlei Widerstand gestoßen. Das Gegenteil war der Fall gewesen: Sie hatten sich setzen dürfen und der freundliche, ältere Herr hatte ihnen sogar Handtücher gereicht, weil sie auf den wenigen Metern vom Auto zum Hauseingang komplett eingeregnet waren. Die Wohnung und der dazugehörige Keller waren so klein, dass die Durchsuchung insgesamt keine zwanzig Minuten in Anspruch genommen hatte. Die zwanzig Minuten hatten ausgereicht, um von Herrn Müller zu erfahren, dass der rosa Schal ein Geschenk seiner Urenkelin war – er war bereits 87 und nicht 70. Und was wichtiger war: Er hatte sich mit verblüffender Freude am Detail an das Gespräch mit Linus und Meret erinnert, die „kluge und niedliche Kinder" gewesen seien. Und sie, die Eltern, sollten sich keine Sorgen machen: Der Bruder passe gewiss auf die Schwester auf.

Und nun wussten sie auch aus erster Hand, dass Linus und Meret am Bahnhof Zoo wie verabredet ausgestiegen waren.

Und sie wussten, dass sie nicht von irgendwelchen ihnen bekannten Eltern „mitgenommen" worden waren – inzwischen hatten sich alle Mütter aus der WhatsApp-Gruppe gemeldet. Aber wo, verdammt noch mal, hielten sie sich *jetzt* auf? Sicher war nur, dass Linus und Meret nicht stehen geblieben waren und gewartet hatten.

Wenn all das doch bloß ein Albtraum wäre, aus dem sie irgendwann erwachen würden. Dann könnte Klaas Xenia davon am Frühstückstisch erzählen, während Linus und Meret im Spielzimmer ihr erstes von vielen Gefechten austrugen. Aber leider war es kein Albtraum. Alles war real: der Regen, der Wagen, in dem sie saßen, Xenia, die ihren Ehering drehte, als würde sie beim Juwelier testen, ob er auch wirklich passte. Und auch seine Wut auf die Stadt, die so groß und unübersichtlich war, dass sie Kinder einfach so verschluckte, war real.

Herr Gülhan sprach in ein Funkgerät. Klaas hatte nicht mitbekommen, wann und warum er zu sprechen begonnen hatte.

„Ja", sagte er in diesem Moment.

Selten zuvor hatte Klaas ein trostloseres „Ja" gehört.

„Wir kommen sofort", sagte er, bevor er das Gespräch beendete.

Nicht: Hurra, wir kommen sofort, endlich haben wir sie gefunden. Sondern: Oh mein Gott, wir kommen sofort.

„Wohin?", fragte Xenia.

Herr Gülhan schaute Herrn Lange an. Sie schienen sich nicht darauf einigen zu können, wer die Nachricht Klaas und Xenia mitteilen sollte.

„Ist was ... ist was ... mit den..."

Herr Gülhan antwortete sofort: „Nein. Noch immer fehlt jede Spur. Aber es hat trotz des Wetters nach dem Spiel Ausschreitungen gegeben. Wir waren davon ausgegangen, die

Chaoten würden schnell in die Busse steigen und nach Hause fahren. Aber wir haben uns geirrt. Momentan tobt auf dem Ku'damm keine zwei Kilometer von hier entfernt eine Straßenschlacht zwischen rivalisierenden Fangruppen. So was passiert wirklich nicht oft, aber heute musste es ja so kommen. Und..."

Er sprach nicht weiter.

„Und?", fragte Klaas.

„Und das ist unser Bezirk, und das heißt..."

Klaas sah Herrn Gülhan an, wie schwer es ihm fiel, mit der Wahrheit rauszurücken. Ohne extra aufgefordert werden zu müssen, sprach er weiter, und das, was er sagte, klang wie ein langgezogener Seufzer.

„Die Streifenwagen werden abgezogen."

„WAS?"

Xenia schüttelte den Kopf. Sie zitterte am ganzen Körper. Klaas befürchtete, sie würde dem vor ihr sitzenden Herrn Gülhan in die Haare greifen und sie ihm büschelweise rausreißen. Doch von einer Sekunde auf die andere erstarrte sie. Sie drehte sich zum Fenster, schaute hinaus und atmete wie jemand, der einen Asthmaanfall hat. Sie schien kurz davor zu sein, zu explodieren.

„Es tut mir leid. Es bleiben noch Fußstreifen im Einsatz, die die unmittelbare Umgebung des Bahnhofs absuchen..."

„Und was ... was machen wir?"

„Sie gehen jetzt nach Hause."

„Nein!"

„Doch. Es wird dunkel..."

„Genau deshalb sollten wir *nicht* nach Hause gehen."

„Sie ... Sie müssen einfach zur Ruhe kommen. Wir fahren Sie noch nach Hause. Das sollen wir zwar nicht tun, aber wir machen es einfach. Morgen früh melden Sie sich dann..."

Das war der Moment, in dem Xenia die Tür wie eine Tramperin, die belästigt wird, aufriss und ausstieg. Herr Lange sprang wie Klaas und Herr Gülhan ebenfalls aus dem Auto. Klaas lief Xenia, die durch den strömenden Regen mit wilder Entschlossenheit in Richtung Bahnhof Zoo marschierte und sich nicht ein einziges Mal umdrehte, hinterher. Als er sie erreicht hatte, hielt er sie am Arm fest. Sie versuchte sich loszureißen. Als Klaas nicht nachgab, trat sie nach ihm, während Herr Gülhan und Herr Lange beschwichtigend die Arme hoben.

„Lass mich los!", zischte sie.

Klaas gehorchte. Aber sollte sie wieder weglaufen wollen, würde er sie erneut festhalten. Das schien jedoch nicht mehr ihre Absicht zu sein. Stattdessen starrte sie ihn und die Polizisten an, als ginge von ihnen eine ernsthafte Bedrohung aus. Es war allerdings kein ängstlicher, sondern eher ein aggressiver Blick. Sie standen zu viert im Regen und einen sonderbaren Augenblick lang hörte man nichts weiter als die auf den Boden prasselnden Tropfen.

„Ganz ruhig ... ganz ruhig ... es gibt nur zwei Möglichkeiten: Sie beruhigen sich jetzt oder wir...", fing Herr Gülhan an.

„Was wollen Sie tun? Die Polizei rufen?", fragte Xenia und lachte.

Es war ein giftiges, hämisches, geradezu hässliches Lachen. Ein Lachen, wie es Klaas noch nie gehört hatte. Er verspürte plötzlich den Impuls, sie dafür bestrafen zu müssen. Wenn die Polizisten nicht neben ihm gestanden hätten, hätte er ihr wahrscheinlich ins Gesicht geschlagen, damit sie wieder zur Besinnung käme. Noch während er sich vorstellte, wie er genau das tat, bekam er Angst. Vor sich selbst. Angst vor einem Mann, der drauf und dran gewesen war, seine Frau zu schlagen!

„Sie... Sie brauchen Hilfe. Betreuung. Wir fahren Sie jetzt in ein Krankenhaus, und dort...", sagte Herr Gülhan.

„Nein. Ich bin ganz ruhig. Ganz, ganz, ganz ruhig. Ich kann normal denken. Ich will bloß nicht nach Hause gefahren werden. Das ist alles. Ich will nicht zu Hause herumsitzen, während meine Kinder irgendwo..."

„Okay, dann fahren wir Sie halt zum Bahnhof Zoo", sagte Herr Lange. Xenia schaute erst Klaas, dann Herrn Lange an. Schließlich nickte sie.

Wenige Minuten später standen Klaas, der sich bei den Polizisten bedankt hatte, und Xenia, die ebenfalls was auch immer hatte sagen wollen, letztendlich aber keinen Ton hervorgebracht hatte, vor dem Haupteingang des Bahnhof Zoos. Klaas wusste nicht, was sie jetzt noch tun könnten. Im Polizeiwagen hatte er noch gehofft, dass sie *gemeinsam* die Situation in den Griff bekämen. Aber als die Kinder nicht bei Herrn Müller gewesen waren und Xenia einen Augenblick später aus dem Auto ausgestiegen war, war es so, als hätte sich im selben Augenblick seine Hoffnung quasi in ein Nichts aufgelöst. War der Wunsch, Xenia zu schlagen, eine Folge seiner Verzweiflung gewesen? Waren jetzt auch bei ihm die Sicherungen durchgebrannt? Funktionierte er nicht mehr so, wie es angesichts eines solchen Ausnahmezustands dringend erforderlich wäre? Klaas kam sich plötzlich vor wie ein Tier, das von Instinkten und nicht von abstrakten Gedanken geleitet wird. Außerdem hatte er Hunger. Und Durst.

„Und was nun?", fragte Xenia, und so wie sie fragte, schien sie zu erwarten, dass er einen konkreten Plan hatte.

„Lass uns erst mal..."

Eigentlich wollte er sagen: Nach Hause gehen und trockene Klamotten anziehen und dann in aller Ruhe überlegen, wie wir weiter vorgehen.

„Lass uns noch mal auf dem Bahnsteig gucken", sagte er stattdessen.

Xenia zuckte die Achseln und deutete ein Nicken an. Etwas Besseres schien auch ihr nicht einzufallen. Auf dem Weg dorthin wurden sie von einem Punker, dessen Haare auf der einen Seite wie Stacheln eines gigantischen Kaktus' abstanden, angesprochen. Er wollte das haben, was Punker immer haben wollen, wenn sie einen ansprechen: ein paar Cent oder am besten einen, vielleicht zwei Euro.

Xenia, die im Gegensatz zu Klaas Punkern hin und wieder etwas gab, versuchte Klaas wegzuziehen. Er schüttelte sie ab und fragte den Punker, ob er zwei Kinder gesehen habe. Noch während er sprach, zeigte er ihm auf dem Handy ein Foto.

„Klar hab' ich die gesehen."

Klaas wurde plötzlich eigenartig warm. Er hatte das Gefühl zu spüren, wie das Blut durch seine Adern schoss und ihn mit Energie versorgte. Energie, die er dringend benötigte. Wo und wann er sie gesehen habe, wollte er wissen.

„Für einen Euro sag ich dir alles."

Klaas schaute ihn angewidert an. Dann gab er ihm den Euro. Inzwischen stand eine Punkerin neben ihm. Wahrscheinlich seine Freundin. Meret hätte ihre grün-rot-blauen Haare bestimmt gemocht, aber vor dem Schäferhund, den sie frei laufen ließ, Angst gehabt.

„Oh, jetzt sind wir zu zweit, da brauchen wir noch einen Euro..."

„Komm, die wissen doch nichts", sagte Xenia, die erneut versuchte, ihn wegzuzerren. Klaas ließ sich jedoch nicht wegzerren. Stattdessen kramte er einen weiteren Euro aus seinem Portemonnaie.

„Also wie sahen die Kinder noch mal aus?"

Klaas zeigte das Foto zum zweiten Mal. Daraufhin drehte sich der Punker zur Punkerin und fragte sie, ob sie sie gesehen habe. Klar, sagte sie. Sie habe allerdings vergessen, wo das genau gewesen sei. Aber wahrscheinlich seien das die Kinder gewesen, die sich vorhin beim Bäcker eine Brezel geholt hätten, sagte sie, während sie in Richtung eines inzwischen geschlossenen Stands zeigte. Könne aber auch sein, dass das andere Kinder gewesen seien, sähen ja alle gleich aus, fügte sie hinzu, woraufhin ihr Freund auflachte und irgendwas Unverständliches von sich gab. Zum ersten Mal in seinem Leben bekam Klaas ein Gefühl dafür, was es bedeutete, jemanden zu hassen. Es bedeutete, dass man jemandem rohe Gewalt antun wollte oder hoffte, dass es ein anderer täte. Je größer das Unglück war, das er den beiden an den Hals wünschte, desto heftiger raste sein Herz. Gleichzeitig begann sein rechter Arm bedrohlich zu zittern. Und urplötzlich war es da, das Bedürfnis, den Punkern in die Fresse zu schlagen. Ohne dass er es sich vorgenommen hätte, hob er seinen rechten Arm, doch Xenia war schneller. Sie hielt ihn mit beiden Händen fest. Daraufhin schlug Klaas mit der linken Hand zu, verfehlte die Punkerin jedoch knapp, weil Xenia ihn mit einem Ruck weggezogen hatte.

„Scheißnazis“, krakeelte der Punker.

„Spinnst du?“, fragte Xenia.

Klaas sagte nichts. Irgendwie hatte er das sonderbare Gefühl, dass es ihm besser ginge, würde er irgendjemandem Gewalt antun. Vielleicht sollte er erst jemandem in die Fresse schlagen und so seinen ohnmächtigen Zorn abreagieren, und dann nach Hause fahren, dort mit Xenia Sex haben, anschließend eine Flasche Wein trinken und sich hinlegen, und wenn er morgen aufwachte, dann wären die Kinder vielleicht auch wieder da und der Horror hätte ein Ende gefunden. Die Realität sah vorerst jedoch anders aus: Klaas und Xenia fuhren mit der Rolltreppe zum Bahnsteig hoch und stiegen in die erste S-Bahn ein, die einfuhr. Warum sie das taten, wusste Klaas nicht. Und Xenia schien es auch nicht zu wissen. Der Einstiegsbereich war wie immer derart überfüllt, dass eine Frau mit einem Kinderwagen, in dem ein Baby unter dem Regenschutz friedlich das ganze Chaos verschlief, nicht reinkam. Klaas schüttelte den Kopf und begann etwas zu tun, was er schon hundertmal hatte tun wollen, sich aber noch nie getraut hatte: Er pöbelte die Leute an und schob sie einfach zur Seite. Er schien Eindruck zu machen. Sogar eine Gruppe durchtrainierter Jugendlicher mit ausrasiertem Nacken in nassen Bomberjacken ließ sich aus dem Bereich vertreiben. Dann bat er die Frau rein, die ihn ängstlich ansah und draußen blieb. Daraufhin sprang Klaas wieder raus, nahm die Frau beim Arm und schob sie und den Kinderwagen in den von ihm freigeräumten Eingangsbereich genau dorthin, wo für Kinderwagen Platz freigehalten werden sollte. Er hatte seine Kinder zwar nicht wiedergefunden, aber er hatte für Ordnung gesorgt! Er schaute Xenia an und nickte ihr zu wie um zu sagen, kannst mal sehen, wozu ich fähig bin. Doch sie schüttelte bloß den Kopf und zog ihn zum wiederholten Mal am Arm. Dieses Mal aus der S-Bahn raus zurück auf den Bahnsteig.

„Du drehst ja durch."

Ja, er drehte durch. Aber was war schon dabei?

Sie verließen das Bahnhofsgebäude und blieben vor dem Eingang stehen wie zwei Menschen, die eine Verabredung haben und zu früh sind. Der Sturm war endgültig abgeflaut. Der Wind, der noch immer konstant, aber nicht besonders kräftig blies, spielte Billard mit Dutzenden Plastikbechern, Papierservietten und BILD-Zeitungen, und ein Orchester aus Martinshörnern spielte die Hintergrundmusik. Man brauchte bloß

Richtung Gedächtniskirche zu gucken, schon sah man Polizei-, Notarzt- und Feuerwehrwagen, die im Einsatz waren.

„Und was machen wir jetzt?“, fragte Xenia.

Klaas wusste, dass er vieles sagen durfte, nur nicht, dass er nach Hause wollte.

„Nun sag schon, was machen wir jetzt?“, fragte Xenia erneut.

„Zum Zoo gehen und gucken, ob irgendjemand die Kinder gesehen hat, vielleicht...“

„Das ist doch Blödsinn. Da warst du schon, und auch die Polizistin wollte dort noch mal hingehen.“

„Dann schlag was Besseres vor.“

Xenia überlegte. Nach einer Weile sagte sie: „Na gut, dann lass uns halt zum Zoo gehen.“

Die Pforten des Zoos waren allerdings verschlossen.

„Kein Wunder, es ist auch schon sieben“, sagte Klaas.

„Sieben?“

„Ja, sieben.“

Anschließend schwiegen sie. Sie standen im nachlassenden Regen und starrten auf den Busbahnhof, als handelte es sich dabei um einen Touristenmagneten ersten Ranges. Die Kinder waren jetzt seit sechs Stunden allein. In drei von diesen sechs Stunden war Berlin von einem verheerenden Unwetter heimgesucht worden.

„Vielleicht sind sie ja im Europacenter“, sagte Klaas, weil das Schweigen immer unerträglicher wurde.

Dabei versuchte er Xenia nicht so anzusehen, als wäre sie seine Schwester, mit der er sich um das Erbe zankt.

„Seit sechs Stunden im Europacenter?“

„Was weiß ich. Zuerst bei Saturn, dann...“

„So ein Quatsch. Wenn sie da gewesen wären, dann hätte die Polizei das längst herausgefunden und uns benachrichtigt.“

„Dann waren sie eben doch im Zoo und..."

„Das Thema hatten wir schon. Und glaubst du im Ernst, dass sie bei dem Wetter..."

„Sag mal, was willst du eigentlich von mir?"

„Ich will einen vernünftigen Vorschlag hören!"

„Ich denke seit Stunden nur an die Kinder, alles dreht sich bei mir im Kopf, ich habe Angst, okay? Zum ersten Mal in meinem Leben habe ich Angst. Mir ist arschkalt, ich habe Hunger, ich habe Durst, verdammt noch mal, ich..."

„Oh, das tut mir echt leid, dass es dir nicht gut geht. Wenn wir die Kinder jemals wiederfinden sollten, werden wir ihnen sagen, dass du wegen ihnen Hunger hattest und..."

„Du weißt genau, dass ich das so nicht gemeint habe."

„Aber du denkst, dass ich keine Angst habe, und dass ich..."

„Nein, denke ich nicht. Was ich sagen wollte, war eigentlich etwas ganz anderes: Dass das Wetter gut war, als wir aus der S-Bahn ausgestiegen sind. Es kann also gut sein, dass sie tatsächlich zuerst in den Zoo gegangen sind und..."

„Kannst du damit aufhören? Du warst da. Die Polizistin war da. Und außerdem habe ich die Karte von Linus im Portemonnaie. Das weiß er. Und du weißt das, glaube ich jedenfalls, auch. Außerdem geht er nicht einfach mal so in den Zoo, wenn etwas anderes abgemacht war. Linus hält sich an Regeln!"

„Ja, ich weiß das auch. Vergiss es einfach."

„Nee, jetzt habe ich mich gerade damit angefreundet: Noch bevor du dort warst, haben sich die Kinder an den Kartenabreißern vorbeigeschlichen, haben sich die Seehundfütterung angeguckt, dann kam der Sturm, dann sind sie allein ins Nachttierhaus gegangen, haben sich dort verkrochen und sind dort eingeschlafen, während alle anderen wegen des Unwetters panikartig den Zoo verlassen haben ... gute Idee. Komm, lass uns über den Zaun klettern und nachsehen."

Klaas wendete sich ab von ihr. Sein Herz raste wieder. Wie oft konnte man am Tag Herzrasen bekommen, bevor das Herz aus Protest streikte und einfach zu schlagen aufhörte? Was war mit Xenia überhaupt los? Und was war mit ihm los? Hatte er plötzlich wieder Lust, auf jemanden einzuschlagen? Hatte er Lust, Xenia eine Ohrfeige zu geben, die so sehr klatschte, dass man sie noch im Nachttierhaus hörte? Nein, das hatte er nicht. Oder doch? Klaas schluckte. Genaugenommen war es bloß ein Versuch. In seiner Mundhöhle befanden sich nämlich nur noch hier und da Ablagerungen eines mehlig gewordenen, verklumpten Speichels, der sich nicht herunterschlucken ließ. Klaas nahm sich vor, Xenias Blick zu meiden. Nicht auszudenken, was geschähe, würde er sie wirklich schlagen.

„Komm, lass uns den Weg gehen, den Linus und Meret genommen hätten, wären sie zu Fuß zurückgegangen. Und ich kann ja mal Hannes anrufen...", sagte er.

„Das ist doch Blödsinn. Du glaubst doch nicht, dass er eine Sekunde gezögert hätte, wenn die Kinder im Büchereck aufgetaucht wären..."

„Nein, natürlich nicht, aber..."

„Dann sag so was nicht."

„Okay ... lass uns jetzt einfach den Weg abgehen..."

„Und dann in jedes Gebüsch gucken und Passanten ansprechen? Vielleicht in den Landwehrkanal springen und nach ihnen tauchen?"

Klaas sagte nichts.

„In Wahrheit willst du bloß nach Hause, oder?"

„Was soll das?"

„Na ja, ich sag das bloß, weil dir ja kalt ist und du Hunger hast. Aber eigentlich ist das, wenn ich so darüber nachdenke, eine gute Idee. Zu Hause können wir uns ein warmes Bad einlassen, dann bestellen wir Sushi und machen uns einen ruhigen Abend. Ist ja fast so, als wenn die Kinder bei den Großeltern wären und..."

Klaas' Herz raste schon wieder. Zum gefühlt hundertsten Mal in den zurückliegenden Stunden. Immerhin war es ihm inzwischen gelungen, einen größeren Klumpen Speichel hinunterzuschlucken.

„Hey, was soll das? Was soll das? Und noch mal: Was – soll – das?"

„Ach keine Ahnung. Wenn wir zu Fuß gegangen wären, hätten wir einen schönen Tag gehabt, und..."

„Es war *unsere* Entscheidung, mit der S-Bahn zu fahren. Das heißt, wir haben gar nicht darüber gesprochen und..."

„Okay, aber es war *deine* Entscheidung, die Kinder *allein* fahren zu lassen. Das heißt eigentlich war es nicht deine Entscheidung, es war dein Vorschlag."

„Ja, richtig. Ich bin an allem schuld."

„Ich meine, man kann es doch wirklich drehen und wenden, wie man will. Du warst neulich auch schuld, als uns die Lasagne verbrannt ist, weil du den Wecker nicht auf 20, sondern auf 200 Minuten gestellt hast und wir es erst nach knapp einer Stunde gemerkt haben ... und was habe ich gemacht? Ich habe gelacht! Es geht mir nicht darum, immer den Schuldigen zu suchen ... aber jetzt ... aber jetzt..."

Sie machte eine Pause, wie um Kraft zu schöpfen.

„Verdammt, jetzt sind unsere Kinder weg!", brüllte sie. Dann leiser: „Und daran bist du schuld. Du allein."

Klaas schaute auf den Boden. Sein Herz hatte gar nicht

aufgehört zu rasen. Nun zitterten auch noch seine Arme. Und zwar nicht, weil ihm kalt war.

„Ich ... ich gehe jetzt."

„Ja, hau endlich ab ... geh nach Hause!"

Er ging tatsächlich. Und er drehte sich nicht um. Er würde Xenia schlagen. Schon bald würde er sich endgültig nicht mehr kontrollieren können. Er war weder Arzt noch Psychiater und er verstand nicht viel von Biologie, deshalb konnte er sich auch nicht erklären, was gerade mit ihm geschah. Er schaute nach vorn und ging eiligen Schritts Richtung Landwehrkanal. Er schaute nicht nach rechts zu den Gehegen, er schaute nicht nach links zu den Bahngleisen, sondern nur stur geradeaus. Erst auf der Brücke, die über den Kanal führte, merkte er, dass Xenia ihm gefolgt war. Denn plötzlich begann sie, vollkommen zusammenhanglos auf ihn einzureden.

„Und es war auch deine Entscheidung, den Kindern auf keinen Fall so einen technischen Unsinn wie ein GPS-Handy zu kaufen, weil..."

„Ach, darauf habe ich gewartet, dass das jetzt kommt, aber..."

„Aber was? War es nicht so? Was hattest du noch gesagt ... genau: Die Kinder wollen auch mal das Gefühl haben, nicht kontrolliert zu werden. Na, das Gefühl geben wir ihnen gerade bestimmt, insofern ist es ja eigentlich ein gelungener Tag, denn..."

„Hör doch auf. Wenn er so ein Ding hätte, wäre er irgendwann von Viertklässlern auf dem Nachhauseweg verprügelt und anschließend ausgeraubt worden und..."

Xenia lachte. Es war wieder dieses hämische, hässliche Lachen.

„Genau. Deshalb bringt es ja auch nichts, wenn Kinder Fahrradhelme tragen, denn wenn sie fallen, fallen sie ja eh so, dass sie sich das Genick brechen. Und deshalb hätte es ja sowieso nichts gebracht, wenn wir mit eingestiegen wären, denn…"

„Wenn du sowieso alles gewusst hast, warum bist du dann den Kindern nicht einfach hinterhergesprungen? Du setzt dich doch immer durch, nicht nur wenn es um die Kinder geht. Also hättest du Linus auch ein GPS-Handy kaufen können. Es gibt übrigens auch Jacken mit so einem Chip drin, da hätten wir dann eine SMS gekriegt mit den Koordinaten, wo sich unsere Kinder genau aufhalten. Ich meine, es ist halt so: Du hast dieses Ding nicht gekauft und du bist auch nicht hinterher…"

„Ach so … *ich* bin schuld. Ja, genau, einigen wir uns darauf, dass ich schuld bin, weil ich nicht gegen deinen und gegen Linus' und gegen Merets Willen mit eingestiegen bin. Weißt du was, wenn du willst, gebe ich es dir sogar schriftlich, dass…"

„Sei … sei einfach still: Du bist nicht schuld. Du warst sowieso überhaupt noch nie schuld an irgendetwas."

„Ach lass mich doch."

Sie gingen an der S-Bahnhaltestelle Tiergarten, wo der Albtraum angefangen hatte, vorbei und näherten sich der gelben Brücke. Xenia blieb auf der Brücke abrupt stehen. Klaas ging weiter.

„Hey … warte."

Klaas wurde langsamer.

„Warte, habe ich gesagt."

Klaas blieb stehen, drehte sich um und ging auf Xenia zu. Nun standen sie sich gegenüber. Es hatte wieder begonnen stärker zu regnen. An einem anderen Tag hätte er sie, nass wie sie war, umarmt und geküsst und wäre sich dabei kühn wie Clark Gable in *Vom Winde verweht* vorgekommen.

„Ich hatte recht, oder?"

„Du hast immer recht, das weißt…"

„Halt die Klappe! Ich meine damit, dass du wirklich die ganze Zeit bloß nach Hause wolltest."

„Ja, die ganze Zeit. Wenn du die Wahrheit wissen willst: Ich habe Linus und Meret mit Absicht in die S-Bahn geschickt, damit..."

Weiter kam er nicht. Eine Hand landete in seinem Gesicht. Xenia hatte ansatzlos zugeschlagen. Die Handfläche ihrer rechten Hand traf ihn auf seiner linken Wange mit derartiger Wucht, dass Klaas' Kopf zur Seite schnellte. Ungläubig fasste er sich an seine Wange, die brannte, aber nicht schmerzte. Hatte Xenia, seine Frau, mit der er zwei Kinder hatte, ihn wirklich geschlagen? Ja, das hatte sie! Xenia sah ihn an, als hätte sie noch nie einem solch erbärmlichen Schwächling gegenübergestanden. Aber er war kein Schwächling! Klaas lachte einmal laut auf ... dann schlug er zurück. Er hatte nicht darüber nachgedacht. Er hatte nicht mal gemerkt, wie er ausgeholt hatte. Es war kein wirklich heftiger Schlag gewesen. Aber doch so kräftig, dass Xenia taumelte und sich am Geländer festhielt. Beängstigender als die Tatsache, dass er seine Frau geschlagen hatte, war die Tatsache, dass es ihm nicht leidtat.

„Hey ... ich habe noch eine Idee...", sagte er, anstatt sich zu entschuldigen. „Gib mir mal dein Handy."

Xenia hielt sich noch immer fest und sah ihm in die Augen mit einem Blick, den Klaas nicht einschätzen konnte. Dann griff sie in ihre Handtasche und reichte ihm ihr Handy. Klaas entsperrte es und wischte ein wenig übers Display.

„Was ... was machst du?"

„Ach, du hast ja die Nummern aller möglichen Notrufe eingespeichert. Ich gucke nur gerade, ob du auch die Nummer der Polizei eingespeichert hast... Ich habe vergessen, ob es jetzt 111 oder 114 oder..."

Mit einer katzenartigen Bewegung riss sie ihm das Handy aus der Hand. Ehe er sich versah, hatte sie es aus einem Meter Entfernung gleich wieder in seine Richtung geschleudert. Er riss die Arme hoch und spürte, wie das Handy von seinem Unterarm abprallte und wie in Zeitlupe über das Brückengeländer gelenkt wurde. Xenia, die sich danach streckte, konnte nicht mehr verhindern, dass ihr Handy, nachdem es zu läuten begonnen hatte, von der Spree verschluckt wurde. Klaas hatte es eindeutig gehört. Jemand hatte versucht, Xenia anzurufen. Xenia selbst schien davon nichts mitbekommen zu haben. Ohne ihn eines Blickes zu würdigen, machte sie kehrt und ging zurück in Richtung S-Bahn-Tiergarten. Klaas starrte ihr hinterher.

„Xenia ... komm zurück!", rief er in dem Moment, in dem sie um die Ecke bog und nicht mehr zu sehen war.

Wie hatte es bloß so weit kommen können?

„Xenia!"

Sie hatten sich verhalten wie Idioten. Warum ... warum hatte er sich provozieren lassen? Warum hatte er sie vor dem Zoo oder jetzt auf der Brücke nicht einfach in den Arm genommen?

„XENIA!"

Gerade wollte er ihr hinterherlaufen, als auch sein Handy klingelte. Die Nummer kannte er nicht. Als er abnahm, meldete sich eine weibliche Stimme. Leider war es nicht diejenige von Ceyhan, die ihm sagte, dass die Kinder aufgetaucht waren.

Er hörte sich an, was die weibliche Stimme zu sagen hatte.

„Ja, ich komme sofort", sagte er einen Augenblick später.

Das war der Moment, in dem sich ihre Wege endgültig trennten. Klaas schaute auf sein Handy. Es war 19:56 Uhr. Im Laufschritt eilte er zurück zur Wohnung und dachte dabei an jenen Tag, an dem er Xenia kennengelernt hatte. Und daran, was dann geschah.

EIN ORKAN NAMENS XENIA

Als Xenia in Klaas' Leben auftauchte und es wie ein Orkan durcheinanderwirbelte, hatte Klaas schon das Büchereck gehabt. Wenn man Klaas nicht im Büchereck traf, dann traf man ihn im Tiergarten oder am Spreeufer, wo er regelmäßig joggte.

Es war an einem Junitag, an dem die Rhododendren im Tiergarten um die Wette leuchteten, als eine Frau gute fünfzig Meter vor ihm auf seinen Weg einbog. Ohne sich viel davon zu versprechen, lief Klaas hinterher. Die Frau hatte ihre Haare zum Pferdeschwanz gebunden, war vermutlich um die eins siebzig groß und von hinten schätzte er sie auf Mitte zwanzig. Irgendwann verließ sie den Tiergarten, überquerte die Straße des 17. Juni, lief über den Platz der Republik an der Touristenschlange vor dem Reichstag vorbei, ignorierte die italienischen Jungs, die ihr hinterherpfiffen, ließ das Kanzleramt links stehen, rannte über die Moltkebrücke, sprang am Ende der Brücke die Treppen hinunter und lief zu Klaas' Verzückung an der Spree entlang in Richtung Charlottenburg und damit in die Richtung, die er eh eingeschlagen hätte. Als sie ihr Tempo erhöhte, hatte er den Eindruck, sie bereite sich auf einen Schlussspurt vor. In einem seiner seltenen Anfälle von männlichem Imponiergehabe nahm er sich vor, auf Höhe vom Schloss Bellevue an ihr vorbeizusprinten. Das Tempo wollte er halten, bis ihm die Hansabrücke den Weg versperrte. Das war *seine* Strecke. Von dort trabte er in der Regel zurück zu seiner Dachgeschosswohnung, zwei Straßen vom Büchereck entfernt.

Während seines Überholmanövers ließ er es sich nicht nehmen, sich umzudrehen und „Hallo“ zu rufen. Als sie das „Hallo“ mit einem erstaunlich frisch wirkenden Lächeln erwiderte, war er sich sicher, die Frau in den folgenden Stunden, Tagen und Wochen nicht mehr zu vergessen: Sie hatte hell leuchtende, blaue Augen, die in einem fast magischen Kontrast zum schwarzen Haar standen. Ihre Haut war von einem auffälligen Weiß, wie man es sich bei einer hellblonden, nicht aber bei einer schwarzhaarigen Frau vorgestellt hätte. Für eine Läuferin hatte sie Brüste, die groß genug waren, um trotz engem BH auf dem Laufshirt Spuren zu hinterlassen. Sie war gute zehn Zentimeter kleiner als er. Also kam die geschätzte Größe, ungefähr eins siebzig, hin. Die Beine waren nicht wie die Beine einer Langstreckenläuferin dürr, sondern kräftig, ohne den Eindruck zu erwecken, durch ein Krafttraining unverhältnismäßig gestählt worden zu sein. Das Alter konnte er aber noch immer nicht schätzen. Vielleicht war sie erst fünfundzwanzig, vielleicht schon fünfunddreißig. Das vergleichsweise schüchterne „Hallo“ ergänzte er noch durch ein offensives „An der Hansabrücke warte ich!“

Ehe er sich versah, war er an der Brücke. Während er seine Hände auf die Knie stützte und nach Luft rang, hoffte er, dass die Frau tatsächlich hinter ihm hergelaufen war. Er war gerade dabei sich einen Satz zurechtzulegen, mit dem er die Frau begrüßen könnte, als er eine weibliche Stimme hörte.

„Hey, nicht schlecht“, sagte diese Stimme.

Verblüfft drehte er sich um. Hinter ihm stand … die Frau. Sie schien ihm seine Verblüffung anzusehen, denn sie sagte:

„Ich habe zehn Jahre Triathlon trainiert. Inzwischen laufe ich nur noch. Danke für die Einladung zum Kaffee. Aber wenn ich ehrlich bin, möchte ich erst mal duschen. Komm doch mit, ich wohne in der Nähe“, sagte sie.

Komm doch mit? Zum Duschen??? Ob es sich um ein unmoralisches Angebot handelte, wusste Klaas nicht. Fest stand: Er musste dringender duschen als sie.

„Okay“, sagte er.

„Na dann los“, sagte sie.

Sie trabten die Treppen hoch, überquerten die Hansabrücke und joggten in gemächlichem Tempo ein kurzes Stück weiter an der Spree entlang. Noch vor der nächsten Brücke bogen sie in eine Seitenstraße ein, in der die Läuferin wohnte.

Im Flur ihrer Wohnung hingen Ölbilder irgendeines Künstlers. Es waren Portraits von Frauen, die aussahen, als hätte sie jemand gemalt, zu dessen Vorbildern Otto Dix und Francis Bacon gehörten. Die Frauen schrien, weinten, wüteten, zürnten, heulten, bluteten aus den Augen, dominierten beim Geschlechtsverkehr mit gesichtslosen Männern, gebaren, litten und starben. Der ganze Flur hing voll von Öl-Bildern, die derart charakteristisch waren, dass es zweifellos ein- und derselbe Künstler war, der sie gemalt hatte.

Nachdem sie in der Küche jeweils ein Glas Wasser getrunken hatten, ging er auf sie zu und küsste sie. Die Stunde, die folgte, war herrlich.

„Wenn du Lust hast ... mir gehört das Büchereck. Wir könnten doch wirklich mal einen Kaffee trinken“, sagte Klaas zum Abschied. Sie erwiderte nichts. Aber sie lächelte. Erst auf dem Nachhauseweg bemerkte er, dass er vergessen hatte, sich nach den Bildern zu erkundigen. Und einander vorgestellt hatten sie sich auch nicht.

Hannes fragte gleich am ersten Morgen nach Klaas' Abenteuer: „Na, verliebt?"

„Kann sein", sagte Klaas, woraufhin Hannes nickte wie jemand, der irgendetwas schon immer gewusst haben will.

Am zweiten Tag fragte Ceyhan, was mit ihm los sei.

„Ach nichts", sagte Klaas.

„Er ist verliebt", sagte Hannes.

Um nicht die ganze Zeit wie ein verliebter Idiot in Richtung Eingang zu starren, ließ Klaas seinen Blick durch den Bereich wandern, der ausschließlich für Bücher vorgesehen war. Als sähe er alles zum ersten Mal, betrachtete er ein Regal nach dem anderen. Der Raum war in etwa vierzig Quadratmeter groß und damit deutlich kleiner als der Kinderbuch-Bereich in einer Hugendubel-Filiale. In einem abgetrennten Raum war ein „Konferenzzimmer". Dort hörte er sich die Empfehlungen der Vertreter an. Da zur Mittagszeit niemand seinen Rat suchte, verließ Klaas die Kasse und sortierte die Bücher, die er auf einen mit einer amerikanischen Flagge geschmückten Tisch ausgelegt hatte. Dort lagen sowohl aktuelle Bestseller, als auch die berühmtesten Romane von John Irving, T.C. Boyle, Jonathan Franzen, Bret Easton Ellis, Paul Auster und Stephen King und auch Longseller von Marc Twain, John Steinbeck und Ernest Hemingway. Der Ausgabe von *Trainspotting*, die ebenfalls auf dem Tisch lag, warf Klaas einen genervten Blick zu. Natürlich wusste er, wie *Trainspotting* auf den Amerikatisch gekommen war: Hannes legte, wenn Klaas nicht guckte, *Trainspotting* immer auf irgendeinen Tisch. Als Dankeschön, dass Klaas „das beste Buch aller Zeiten" eine ganze Woche im Schaufenster ausgestellt hatte, hatte Hannes ihm ein Jahr zuvor eine Flasche Whiskey geschenkt, die noch immer ungeöffnet bei ihm in der Küche im Regal stand.

„Irvine Welsh ist aber kein Amerikaner."

Klaas zuckte zusammen. Jemand hatte ihn angesprochen, und dieser jemand hatte eine weibliche Stimme, die bis dahin nur wenige vollständige Sätze zu ihm gesprochen hatte. Dennoch handelte es sich um eine Stimme, die er im Ohr hatte wie keine andere. Langsam drehte er sich um und sah *die* Frau. Sie lächelte ihn an, und ihr Lächeln war wie ein Bekenntnis zu allem, was sie miteinander erlebt hatten.

„Ich heiße übrigens Xenia, ging ja alles ziemlich schnell."

„Ja, ging alles ziemlich schnell ... ich heiße Klaas", sagte er und fühlte sich, als hätte er ein Medikament genommen, das all seinen Kummer weggeblasen hatte.

Klaas lachte und begleitete Xenia zu einem freien Tisch.

„Ich kümmere mich in den nächsten acht Stunden ums Geschäft", sagte Hannes.

In diesem Moment kam Ceyhan und brachte zwei Sektgläser und zwei Flaschen Piccolo, die Hannes gekonnt und begleitet von den Worten „Das geht aufs Haus" einschenkte. Wenige Minuten später servierte Ceyhan einen Antipastiteller, den sie in der Küche in wenigen Augenblicken zusammengestellt hatte.

„Ist das hier immer so?", sagte Xenia und lachte.

„Na klar", sagte Klaas.

Als sie allein im Buchladen waren, tranken sie eine Flasche Wein und unterhielten sich über Xenias Eltern, die Lehrer waren und in Rudow in einem Reihenhaus lebten und nicht verstanden, weshalb Xenia, die an der Hochschule der Bildenden Künste in Berlin studiert hatte, so grässliche Bilder malte, die kein Galerist ausstellen wollte, weshalb sie in ihrer Wohnung hingen oder aneinandergelehnt herumstanden, und sie verstanden auch nicht, weshalb sie Kinderbücher illustrierte und sich von Auftrag zu Auftrag hangelte, anstatt an irgendeiner Schule Kunst zu unterrichten. Und sie unterhielten sich natürlich auch über Klaas' Eltern, die in Husum lebten, ein Fischrestaurant führten und ihn noch nie in Berlin besucht hatten.

Die Vernissage, die Klaas im hinteren Zimmer des Bücherecks organisiert hatte, wurde zu einem beängstigenden Erfolg. Vielleicht hatte die Ankündigung *ab 18* das Interesse befeuert; vielleicht war das Bild vom schmerzverzerrten Gesicht einer gebärenden Frau, mit dem die Ausstellung unter dem Titel *Frauen jenseits vom Laufsteg* beworben wurde, wirklich so außergewöhnlich, dass es halb Moabit animierte, das Büchereck zu sprengen.

Eigentlich hatte Klaas beabsichtigt, die zehn Bilder einen Monat hängen zu lassen. Doch kaum hingen sie, waren sie verkauft. Also stellten sie weitere und schließlich die restlichen Bilder aus, die Xenia in ihrer Wohnung gelagert hatte. Dieser geradezu spektakuläre Überraschungserfolg erlaubte es Xenia, sich den Traum vom eigenen Atelier zu erfüllen. Sie kaufte sich eine loftartige Einzimmerwohnung mit Küchenzeile im Erdgeschoss in einer der Moabiter Hauptstraßen, und obwohl sie quasi über Nacht zu einer angesehenen Künstlerin geworden war, kam sie nachmittags weiterhin ins Büchereck und ging abends mit Klaas in irgendeine der zahlreichen Bars in der Nähe. Das Einzige, was Klaas in jenen Monaten irritierte, war die Schnelligkeit, mit der die Zeit verging. Schon bald hatte er das Gefühl, sich an ein Leben ohne Xenia gar nicht mehr erinnern zu können.

Nach Linus' Geburt hörte Xenia auf zu laufen und fing auch nicht wieder an. Klaas hatte nicht mal versucht, sie umzustimmen. Eigenartigerweise fand er, dass es zu einer stillenden Mutter nicht passte, in Hochgeschwindigkeit durch den

Tiergarten zu hetzen. Damit, dass sie auch die Malerei aufgab, kam Klaas wiederum nicht zurecht. Und am wenigsten kam er damit zurecht, dass Xenia sich innerhalb kürzester Zeit in eine Extremmama verwandelt hatte. So rannte sie wegen jeder Kleinigkeit zum Arzt. Sie ließ Linus nicht allein und vor allem ließ sie Klaas nicht mit Linus allein. Und ständig redete sie mit Linus oder fragte ihn etwas, obwohl er noch gar nicht in der Lage war zu antworten. Und natürlich vertraute sie nicht den Hipp-Gläschen, sondern kochte mit unglaublichem Aufwand jeden Brei selbst. Hätte sie in einer Serie sich selbst als Mutter gespielt, hätten die meisten Zuschauer ihre Darstellung als Satire empfunden. Mit jeder weiteren Ich-tue-für-mein-Kind-alles-Aktion nervte sie Klaas ein bisschen mehr.

Als sie ihn fragte – Linus war zwei Jahre alt und ging seit einigen Wochen in die Kita –, was sich Klaas zum Geburtstag wünsche, sagte er: „Dass du wieder malst."

Klaas Hoffnung war: Wenn sie beginnen würde, wieder zu malen, dann würde sie vielleicht wieder seine Xenia werden. Sie schaute ihn an. Lächelte. Küsste ihn. Ging ins Atelier und malte in den folgenden Monaten wie im Rausch einen Geburtszyklus. Auch dieser Zyklus bestehend aus zwölf Bildern wurde im Büchereck im hinteren Zimmer ausgestellt. Zur Vernissage kamen dieses Mal nicht bloß die üblichen Verdächtigen aus dem Viertel, sondern auch ein älterer Herr im Anzug, der jedes Gemälde eine gefühlte halbe Stunde lang betrachtete. Mit seinem schulterlangen, weißen Haar, seiner gebräunten Haut und seiner athletischen Statur sah er aus wie ein Schauspieler, der in Filmen grundsätzlich für die Rolle des väterlichen Verführers eingesetzt wird.

Als er sich Klaas und Xenia mit dem Namen Theodor der Dritte vorstellte, tat Klaas ihm den Gefallen und sprach ihn auf seinen Titel an. Mit den Worten „Ich entstamme einer Galeristendynastie, müssen Sie wissen“ begann er und hörte eine Weile nicht auf zu erzählen.

Anschließend wendete Theodor der Dritte sich Xenia zu und umwarb sie mit einem Charme, dem vermutlich schon Hunderte Künstlerinnen erlegen waren. Es passe gut, sagte er, dass er in Kürze ein neues Kunsthaus in Charlottenburg eröffnen werde, ein spektakuläres Haus, das die zunehmende Konkurrenz in den Mode-Stadtteilen nicht zu fürchten brauche. Xenias Bilder böten sich für die Eröffnungsausstellung an, sagte er, und es klang nicht wie dahergesagt, sondern wie ein Versprechen. Er garantierte, dass er aus Xenia einen „internationalen Star“ machen würde, und er zählte ein Dutzend Künstlerinnen und Künstler auf, bei denen ihm das bereits gelungen war. Und während er erzählte und sich mit Xenia gemeinsam ihre Bilder anschaute, hörten Xenias Augen nicht zu leuchten auf. Sie vergaß sogar, in Richtung Linus zu gucken, der abwechselnd bei Klaas, Hannes oder Ceyhan auf dem Arm war.

„Und wie…“, begann Klaas, als sie abends im Bett lagen.

„Ach, ich wusste, dass das jetzt kommt“, sagte sie.

„Was wusstest du?“

„Dass du mich jetzt fragst, ob ich mir vorstellen kann, das Leben eines … wie sagte er noch gleich … genau, das Leben eines internationalen Stars zu führen.“

„Und? Kannst du es dir vorstellen?“

„Ich habe den Eindruck, dass vor allem du es dir nicht vorstellen kannst.“

„Das ist keine Antwort.“

„Du willst nicht, dass ich über Moabit hinaus bekannt werde, oder?“

„Du bist schon über Moabit hinaus bekannt.“

„Du willst aber nicht, dass ich sein Angebot annehme und mich mit ihm treffe."

„Doch … ich meine, wenn du wirklich willst."

„Und wenn ich nicht wirklich will? Sondern wenn ich nur ein bisschen will? Wenn ich mich gern mal in Ruhe mit ihm treffen möchte, um alles in Ruhe zu besprechen, um mich dann in Ruhe für was auch immer zu entscheiden?"

„Dann mach das doch einfach", sagte er, obwohl es das Letzte war, was er wollte.

„Aber du willst es nicht, oder?"

Am liebsten hätte er ihr einfach die Wahrheit gesagt, und die lautete: Mir reicht es eigentlich, wenn du vormittags ein wenig malst, meinetwegen in Moabit ein paar Malkurse gibst, und dich sonst weiterhin um Linus kümmerst.

„Ich sagte: Dann mach das doch!", presste er stattdessen hervor.

Er glaubte sogar zu wissen, warum die Aussicht auf ein Leben an der Seite eines internationalen Stars purer Horror für ihn war: Xenia hatte er noch nie so mit einem Mann reden gehört wie mit diesem Theodor. Er hatte von Beginn des Gesprächs an den Eindruck gehabt, dass sie nicht nur Lust auf ein wenig mehr Ruhm, sondern vor allem auf Theodor selbst gehabt hatte.

„Nein, keine Sorge: Ich mache das nicht. Warum sollten wir auch unser Leben verändern, läuft doch alles. Geh du ruhig sieben Tage pro Woche von morgens bis abends in den Buchladen, während ich ein bisschen male und mich um Linus kümmere", sagte Xenia.

Dann kam Meret zur Welt. Meret war vom Charakter her die geborene Kinderbuchheldin, der man recht früh anmerkte, dass aus ihr so eine Art Mischung aus Michel aus Lönneberga und Lotta aus der Krachmacherstraße werden würde. Sie schrie nicht bloß intuitiv, weil sie Hunger hatte, sondern Xenia und Klaas hatten den Eindruck, sie hatte schon nach wenigen Monaten ein Gespür dafür entwickelt, wann man wie lange in welcher Tonlage schreien müsste, um die Eltern zum Einlenken zu bewegen. Gleichzeitig konnte sie auf betörende Weise lächeln und schien das Lächeln schon als Baby gezielt einzusetzen.

Als Klaas mit Linus, den er nachmittags mit ins Büchereck genommen hatte, an einem Abend ein dreiviertel Jahr nach Merets Geburt nach Hause kam, brüllte Meret allerdings derart schrill, dass sie sie schon im Treppenhaus gehört hatten. Linus an der Hand hinter sich herziehend betrat Klaas die Wohnung. Sekunden später wusste er, warum Meret keine Ruhe geben wollte. Sie hatte offensichtlich im Schlafzimmer auf dem Bett gelegen, war aufgewacht und hatte es wie auch immer aus dem Bett geschafft. Beim Versuch, durch die offene Tür zu krabbeln, musste sie dann die Tür von innen zugedrückt haben. In diesem Moment hörte Klaas seinen Namen. Die Stimme, die aus dem Wohnzimmer kam, klang wie die Stimme einer Sterbenden, die um ein Glas Wasser bittet. Und wie eine Sterbende sah Xenia auch aus: Sie lag in der Mitte des Raums zusammengekrümmt auf dem Boden und presste eine Hand gegen ihren Rücken. Die andere Hand lag neben ihrem Kopf und war zur Faust geballt.

Im Krankenhaus wurde ihnen mitgeteilt, dass es sich um einen schweren Bandscheibenvorfall handelte. Anstatt sich operieren zu lassen, ertrug sie den Schmerz, schleppte sich zur Krankengymnastik und schaffte es irgendwie, sich trotzdem um die Kinder zu kümmern. Aber sie schaffte es nicht mehr zu malen. Sie wollte es auch nicht mehr. Sie sei Künstlerin gewesen, nun sei sie Mutter, sagte sie. Und um diesen Entschluss zu untermauern, verfasste sie auf Facebook eine Art Abwesenheitsnotiz, und all diejenigen, die ihr an ihre offizielle Emailadresse schrieben, bekamen eine automatische Antwort. Immerhin behielt sie ihr Atelier und ließ es einmal im Monat von einem Putzunternehmen reinigen.

Nur ein einziges Mal sah sie selbst nach dem Rechten und kam anschließend derart verstört zurück, als hätte sie eine verfaulte Leiche im Atelier entdeckt. Auf die Frage, was los sei, sagte sie: „Nichts." Und obwohl das „Nichts" klang, als hätte sie in Wahrheit Entsetzliches erlebt, blieb sie dabei. In jener Zeit wirkte Xenias Lächeln wie aufgemalt, und ihre Beteuerungen, es gehe ihr gut, klangen wie auswendig gelernt.

Doch dann geschah etwas, womit Klaas nicht gerechnet hatte: Als auch Meret in die Kita kam und Xenia eine Aufgabe fehlte, entdeckte sie von einem Tag auf den anderen ihr Talent als Buchhändlerin, die von Klaas und Hannes schneller lernte, als es jemals eine Auszubildende vermocht hatte. Ohne ihn zu fragen verwandelte sie das Zimmer, in dem die seltenen Gespräche mit Vertretern stattgefunden hatten und das zweimal als Ausstellungsraum genutzt worden war, ins *Kindereck*. Samstags wurden mit erstaunlichem Erfolg Väter unter dem Motto *Vorlesen statt Fußball* zum Vorlesen ermuntert und sonntags fanden verschiedene Veranstaltungen statt. Mal lud Xenia eine Autorin ein, mal las sie selbst vor, mal gab es einen Astrid Lindgren – Vormittag, zu dem die Kinder verkleidet erscheinen sollten, mal durften Kinder Geschichten, die Xenia vorlas, unter Xenias Anleitung illustrieren. Xenia entwickelte auch das Programm „Kindergeburtstag im Büchereck", in das Ceyhan und Hannes fest eingebunden waren. Das *Kindereck* verhalf dem Büchereck zu einem erneuten Boom und Xenia, die diesen Boom ausgelöst hatte, lächelte und lachte plötzlich wieder wie früher ... und *war* abgesehen von ihrer Ängstlichkeit – wehe, Linus fuhr auch nur Roller ohne Helm! – auch wieder wie früher.

XENIAS NACHT: TEIL I (19:59 – 00:15)

Xenia stand auf dem Bahnsteig der S-Bahnstation Tiergarten. Klaas hatte ihr hinterhergerufen. Immerhin schien er irgendetwas eingesehen zu haben. Aber so einfach würde sie es ihm nicht machen. Sie war noch nie jemand gewesen, der kam, wenn abgesehen von den Kindern irgendjemand schrie. Nach allem, was geschehen war, brauchte sie Abstand. Nicht eine Woche, und auch nicht einen Tag. Aber eine Stunde ... ja ... das brauchte sie. Vielleicht würde sie in die nächste S-Bahn steigen und sich durch die Gegend fahren lassen. Oder sich an eine Bar setzen und etwas trinken. Etwas Hartes. Etwas, das im Magen brannte und sie wenigstens einige Minuten vergessen ließ, dass das Grauenhafteste geschehen war, was sich ein Mensch vorstellen konnte. Aber durfte sie das? Nein, natürlich nicht. Nicht mal daran denken durfte sie. Allerdings war es ja nicht so, dass sie sich besinnungslos besaufen wollte. Und es war auch nicht so, dass sie vergessen wollte, um sich nie wieder zu erinnern.

Sechs ... nein ... sieben Stunden zuvor hatte Klaas die Kinder genau hier in die S-Bahn geschickt. Wenn er es doch bloß nicht getan hätte. Dann würden sie jetzt gerade das Büchereck schließen und gemütlich mit den Kindern durch Moabit nach Hause schlendern. Abends würden die Kinder eine DVD schauen – vielleicht ihren Lieblingsfilm *Totoro* – Linus würde sich anschließend mit dem *Feuerkelch* in sein Bett kuscheln, Xenia Meret *Oh, wie schön ist Panama* vorlesen und Klaas in Stephen Kings *Anschlag* versinken – und vom Sofa aus würde er ihr immer wieder zurufen, wie brillant Stephen Kings Dialoge sind und warum man dessen Romane als Erwachsener ganz anders liest, als als Jugendlicher.

Und nun?

Vermutlich betrat Klaas gerade in diesem Moment ihre Wohnung, während sie allein auf einem Bahnsteig stand. Und die Kinder ... waren *irgendwo*. Xenia wurde schlecht. Sie zitterte, als hätte sie Schüttelfrost. Die feuchten Kleider klebten an ihrem Körper, und wenn sie zwei Wünsche frei gehabt hätte, hätte sie sich mit dem ersten Wunsch die Kinder zurückgewünscht und mit dem zweiten hätte sie sich direkt in die Badewanne gezaubert, in die heißes, mit Melisseöl angereichertes Wasser eingelassen worden war. Sollte sie nicht doch einfach zurückgehen und sich ein Bad einlassen? Der zweite Wunsch war im Gegensatz zum ersten schließlich erfüllbar. Aber was würde Klaas denken, stünde sie plötzlich vor der Tür? Was würde er von ihr erwarten? Dass sie sich entschuldigte für all ihre Vorwürfe? Das war unmöglich. Sie hatte ihm die Vorwürfe ja nicht gemacht, weil sie zu denjenigen gehörte, deren inneres Gleichgewicht gestört war, wenn sie sich nicht mindestens ein Mal am Tag mit wem auch immer zanken konnten. Und auch Klaas, das gestand sie ihm noch immer zu, hatte sie nicht geheiratet, weil er dringend einen Blitzableiter für all seinen Alltagsfrust gesucht hatte.

Ob es damals zu einem hässlichen, vielleicht folgenschweren Streit gekommen wäre, hätte sie darauf bestanden, sich mit diesem Theodor zu treffen, wusste sie allerdings nicht. Sie war bitter enttäuscht gewesen, als Klaas sie hatte spüren lassen, was er wirklich von einer internationalen Karriere hielt. Am Ende hatte sie klein beigegeben. Nicht mal gekämpft hatte sie. Wegen Klaas. Und wegen der Kinder, in deren Nähe sie bleiben wollte. Das hatte sie damals jedenfalls gedacht. Aber nach all den Jahren wusste sie nicht mehr, ob es nicht vielleicht ganz anders gewesen war: Ob sie nicht vor allem Angst vor sich selbst gehabt hatte. Denn in Theodors Nähe hatte sie sich einen zauberhaften Augenblick lang gefühlt wie ein verliebter Teenager. Sie hätte nicht gewusst, was geschehen wäre, wäre sie mit ihm allein gewesen. Diese schreckliche Lust auf einen anderen Mann war plötzlich da gewesen, und diese schreckliche Lust hatte sie komplett im Griff gehabt. Erst Stunden später war ihr aufgefallen, dass sie kein einziges Mal zu Linus geschaut hatte. Nicht mal gedacht hatte sie an ihn (und an Klaas sowieso nicht), während ihr Theodor von Paris vorgeschwärmt hatte.

Jetzt hatten sie sich nicht nur gestritten: Über ihr Leben hatte sich ein schwarzer Schatten gelegt. So schrecklich einfach es oft sein mochte, einem anderen die Schuld für was auch immer zu geben, so war es in diesem Fall nicht mal möglich, Klaas' Schuld abzumildern. Schließlich hatte er die Kinder bei vollem Bewusstsein einer Situation ausgesetzt, die unkalkulierbare Risiken geborgen hatte. Allein mit der S-Bahn fahren. An einem Samstag. An einem Tag, an dem Hertha ein Heimspiel hatte. An einem Tag, an dem ein Unwetter angekündigt war. Und wo hatten die Kinder warten sollen? An einer Station, die immer vollkommen überfüllt war... Was hatte Klaas sich dabei gedacht?

Die S-Bahn fuhr ein und ohne sie weiter.

Wenn Klaas ihr wenigstens hinterhergerannt wäre. Aber dazu war er wahrscheinlich zu stolz. Dabei war es an ihm, ihr hinterherzurennen und nicht umgekehrt. Wenigstens das musste er doch einsehen. Aber war er überhaupt in einem Zustand, in dem er wie ein denkender Mensch handeln konnte? Oder hatte er sich endgültig in ein unberechenbares Tier, das bloß noch seinen Instinkten folgte, verwandelt? Hätte er den Punker verprügelt? Und hatte er sie, Xenia, nicht *wirklich* geschlagen? Ja, hatte er! Allerdings musste sie sich selbst eingestehen, dass sie ihn zuerst geschlagen hatte. Beide hatten letztendlich diese Schwelle übertreten, als hätten sie gemeinsam ihre Beziehung buchstäblich zerschlagen wollen. Für die Schläge würden sie sich später entschuldigen können. Es waren Reflexe gewesen, aber würde Klaas die Kraft aufbringen, sich für alles andere zu entschuldigen? Vor allem dafür, dass er es gewesen war, der die Kinder allein in die S-Bahn geschickt hatte?

So, wie er sich ihr gegenüber verhalten hatte, schien er allerdings nicht mal einzusehen, dass ein GPS-Handy die Situation entschärft hätte. Wobei „entschärft" nicht mal der richtige Ausdruck war. Ein solches Handy hätte die Situation gar nicht erst entstehen lassen. Klaas hatte sich verhalten wie ein Fünftklässler, der in einem Diktat achtundzwanzig Fehler gemacht hat und nicht einsehen will, dass er eine Sechs dafür bekommen hat.

Sollte sie nach Hause kommen und er nicht das sagen, was sie von ihm hören wollte, dann ginge der Streit von Neuem los. Es war ein Streit, der das bis dahin stabile Gebäude ihrer Beziehung fast zum Einsturz gebracht hätte, und die Chance, dass ihre Ehe die bevorstehende Nacht nicht überleben würde, blieb groß. Nein, sie konnte jetzt nicht nach Hause gehen.

Wieder fuhr eine S-Bahn ein. Dieses Mal stieg sie ein und wurde mit Pfiffen begrüßt. Eine Gruppe junger Männer freute sich offensichtlich über ihr Erscheinen.

Bei den Jungs handelte es sich um eine Bande, die gerade einen Junggesellenabschied zu feiern schien. Der Älteste von ihnen sah nicht älter aus als fünfundzwanzig. Vermutlich erregte die Bande allein die Vorstellung, dass eine Frau wie Xenia unterwegs war, um irgendjemanden auf irgendeiner Ü-Dreißig-party abzuschleppen. Ein Mann im Affenkostüm mit einer aufwändig angefertigten Kette aus echten Bananen, die wie ein Patronengurt um die Schulter hing, kam auf sie zu und fragte, ob sie einen Schnaps trinken wolle. Auf einem Bauchladen befand sich ein gutes Dutzend Plastik-Schnapsgläser mit einer beunruhigend aussehenden Flüssigkeit. Aber das war Xenia egal. Sie nickte und stürzte ein Getränk unter dem Applaus der Junggesellenbande herunter. Sie glaubte regelrecht zu spüren, wie dieses Was-auch-immer wie ein langsam fließender Bach durch ihre Speiseröhre kroch, im Magen landete und Wärme ausstrahlte, als hätte sie ein glühendes Stück Kohle verschluckt. Zur Verblüffung des Mannes im Affenkostüm und seiner Freunde trank sie, kaum hatte sie den Becher abgestellt, gleich den nächsten Schnaps.

„Hey ... Moment ... das hat achtzig Prozent...", sagte einer aus dem Pulk mit jauchzender Stimme.

Besser achtzig als vierzig, dachte Xenia. Als sie aufstand, sagte ein anderer: „Jeder Schnaps kostet ein Euro. Du ... Sie ... Sie können doch nicht einfach aussteigen..."

„Doch, ich kann", sagte Xenia und stieg am Bahnhof Zoo aus.

Dass ihr hinterhergerufen wurde, sie solle noch zahlen oder den Bräutigam küssen, war ihr egal. Was zählte schon das dümmliche Geschwätz einiger betrunkener Männer, von denen einer ein Affenkostüm trug? Hatte einer von ihnen auch nur den Hauch einer Ahnung, wie es war, wenn man seine Kinder verlor?

Vom Bahnhof Zoo aus ging sie über den Breitscheidplatz zum Ku'damm. Hätte jemand den Tag schlafend im Bett verbracht und wäre nun zum ersten Mal unterwegs gewesen, dann hätte er nie für möglich gehalten, dass noch Stunden zuvor eine Straßenschlacht zwischen rivalisierenden Fangruppen getobt hatte und Berlin von einem Orkan heimgesucht worden war.

Xenia schaute nach links und rechts. Sie schaute nach vorn und nach hinten. Sie schaute in die Seitenstraßen hinein. Sie beobachtete das Verhalten der Menschen, die ihr entgegenkamen, die sie überholten, die an den Bushaltestellen warteten oder die in die Schaufenster guckten. Und plötzlich war sie sich so sicher wie nie zuvor in den zurückliegenden Stunden, dass Linus und Meret irgendjemandem aufgefallen wären.

Vor ihren Augen lief ein Film ab: Ein Junge, der aussieht wie Linus, und ein Mädchen, das aussieht wie Meret, gehen abends in der Dämmerung Hand in Hand den Ku'damm entlang. In ihrer unmittelbaren Nähe gibt es keine Menschen, die man für die Eltern oder Großeltern hätte halten können. Sie haben Hunger und setzen sich in ein Restaurant. Sie bestellen sich eine Currywurst mit Pommes, dazu eine Apfelsaftschorle. Der Kellner nimmt die Bestellung entgegen und serviert ihnen kurze Zeit später das Essen. Der Junge kann nicht bezahlen, woraufhin der Kellner sagt, das sei kein Problem, denn in seinem Restaurant müssten Kinder unter acht eh nicht zahlen. Der Junge und das Mädchen gehen noch auf die Toilette und anschließend wieder auf die Straße. Hand in Hand. Sie werden gesehen von Dutzenden Menschen, die ihnen entgegenkommen, darunter Mütter und Väter, die Kinder im Alter von Linus und Meret haben. Und die ihren eigenen Kindern nie und nimmer erlauben würden, nach acht Uhr allein auf dem Ku'damm herumzuspazieren.

Xenia wurde immer langsamer. Die Kinder konnten nicht hier sein. Sie würden sowieso überhaupt nicht mehr „draußen“

sein. Das war ausgeschlossen. Selbst wenn es Menschen gab, die nichts sahen und nichts sehen wollten und sich aus Prinzip nie in die Angelegenheiten anderer Leute einmischten, so gab es in jedem Fall wesentlich mehr Menschen, die Linus und Meret angesprochen hätten. Die gefragt hätten, wo ihre Eltern seien. Die ihre Hilfe angeboten hätten. Und Linus ... Linus wäre von selbst darauf gekommen. Angenommen, er hätte zwischendurch in einem Rausch auf irgendeinem Spielplatz nicht mitbekommen, wie die Stunden nach und nach vergingen, so hätte er jetzt, da es dunkel zu werden begann, Angst bekommen. Und er war klug genug, wem auch immer in aller Ruhe zu erklären, was genau wie und warum passiert war. Aber sollte er sich schon um zwei oder drei Uhr, also bei Ausbruch des Unwetters, einem netten älteren Herrn oder freundlichen jungen Mann anvertraut haben, wäre er in einer solchen Situation dann nicht doch mit in ein Auto gestiegen? Hätte er in einer Ausnahmesituation ganz ausnahmsweise etwas gemacht, was ihm eigentlich strikt verboten war? Xenia spürte, wie erste Tränen ihre Wangen herunterliefen. Sie musste eigenartig aussehen, wie sie in ihren am Körper klebenden Klamotten weinend den Ku'damm entlanglief. Sie brauchte eine Pause ... stattdessen dachte sie pausenlos an die Kinder.

Mitten auf dem Ku'damm merkte sie, wie sehr sie fror. Und ihr wurde immer kälter. Sie bog in eine der Nebenstraßen ein und stand, ehe sie sich versah, auf dem Savignyplatz. Irgendwo musste sie sich wärmen und wieder zu Kräften kommen. Xenia schaute sich um und entschied sich fürs Café Brel. Nicht, weil sie die Chansons von Jaques Brel gern mochte (was sie tat), sondern weil sie irgendwann mal mit Klaas vor dem Café gestanden und es beim besten Willen keinen Platz gegeben hatte. Und sich wie irgendwelche Touristen an die Bar zu hocken und zu warten, bis ihnen gnädigerweise ein freigewordener Tisch zugewiesen wurde, dazu waren sie, die selbst ein Café führten, zu stolz gewesen. Nach dem Sturm waren aber nur zwei Drittel aller Tische belegt. Sie setzte sich an einen Tisch für zwei Personen in die Nähe eines Klaviers. Ein weißhaariger Mann, der aussah, als hätte er noch nie woanders gesessen als vor diesem Klavier, spielte Musik, die Xenia nicht kannte. Irgendetwas Jazziges. War okay. Sie hängte ihre Handtasche über den zweiten Stuhl und hoffte, dass sie so den Eindruck erweckte, der andere Stuhl sei besetzt oder sie warte auf jemanden. Wie schön wäre es, gäbe es einen Gott, der diesen Tag und alles, was an ihm geschehen war, für ungültig erklärte. In diesem Moment brachte ein Kellner die Speisekarte.

Xenia hatte zwar keinen Appetit, aber ihr Verstand sagte ihr, dass sie dringend etwas essen sollte. Am liebsten hätte sie irgendetwas Einfaches und Vulgäres gegessen. Eine Frikadelle oder eine Currywurst. Schließlich entschied sie sich für eine Suppe mit einem Bier dazu. Es wäre sicherlich vernünftiger gewesen, ein Glas Wasser zu bestellen. Aber wen interessierte an einem solchen Tag schon so etwas Abstraktes wie Vernunft? Sie schaute sich im Restaurant um und beobachtete die Leute, die in von Alltagssorgen losgelösten Gesprächen vertieft zu sein schienen. Neben ihr saß ein Paar. Eher ein Pärchen. Teenager. Vielleicht achtzehn, vielleicht erst siebzehn. Er trug ein rosa Poloshirt mit extra großem Polospieler drauf, und sie ... auch. So saßen sie da im Partnerlook und nippten unsicher an ihren Weingläsern, obwohl sie wahrscheinlich viel lieber Bier mit Brause getrunken hätten. Und sie hatten sich viel vorgenommen. Eine ganze Flasche hatten sie sich bestellt. Sie sprachen darüber, welche Musik sie gerne hörten. Zwei Schüler bei ihrem ersten Rendezvous.

Vier Tische weiter saß eine Familie mit zwei Kindern. Zu weit entfernt, um dem Gespräch folgen zu können, aber zu dicht dran, um sie zu ignorieren. Den Jungen schätzte Xenia auf dreizehn. Er las *Der Herr der Ringe.* Was würde Linus in dem Alter wohl lesen? Wenn er so weitermachte, wahrscheinlich *Krieg und Frieden.* Das Mädchen war zehn, vielleicht erst neun. Sie starrte auf ihr Handy, wischte wild darauf herum und zeigte ihren Eltern irgendetwas auf dem Display. Es schien etwas Lustiges zu sein, denn die Eltern lachten. Würde Klaas den Kindern in dem Alter erlauben, ein Handy zu besitzen? Würden sie … würden sie überhaupt jemals zu viert in einem Restaurant zusammensitzen und darüber diskutieren können, was Linus gerade im Französischunterricht in der siebenten Klasse lernte oder welche Schulfreundinnen Meret zum Geburtstag einladen wollte? Es war ein Glück, dass der Kellner in diesem Augenblick das Bier brachte und Xenia ablenkte. Sie trank einen Schluck und wühlte anschließend, um nicht weiter die Familie beobachten zu müssen, zum ersten Mal seit Jahren die ungefähr zwanzig Fächer ihrer Handtasche durch. Sie fand einen Labello, mehrere, winzige Tüten Gummibärchen, ein halbes Dutzend Pixibücher und in einem Fach mit Reißverschluss eine Packung Voltaren. Im Blister waren noch zwei Tabletten. Sie hatte die Packung in ihre Handtasche getan, als sie wieder begonnen hatte, nach dem Bandscheibenvorfall länger als eine halbe Stunde die Wohnung zu verlassen. Dann hatte sie irgendwann, als der Schmerz sich zurückzuziehen begann, aufgehört, Tabletten zu schlucken.

Eine Tablette, deren Existenz sie längst vergessen hatte, war lose in der Packung. Als Xenia sich an jenen Tag erinnerte, an dem sie diese Tablette bekommen hatte, musste sie kurz lächeln. Damals, im Wartezimmer einer psychiatrischen Praxis, hatte sie dieses seltsame Mädchen getroffen, das ihr die Tablette gegeben ... oder eher angeboten hatte. Es war in einer Phase gewesen, in der sich die erste große Katastrophe ihres Lebens langsam einem Ende zu nähern schien. Diese düsteren Monate lagen so unglaublich weit zurück und nun waren sie plötzlich wieder derart präsent, dass Xenia glaubte, sie greifen zu können. In jener Zeit hatte Xenia Klaas über Monate hinweg angelogen. Sie war damals schlichtweg nicht in der Lage gewesen, ihm erstens zu erzählen, was geschehen war und zweitens, wie sie sich in jener Zeit fühlte. Denn das hätte ungefähr so geklungen: „Hey, Schatz. Als ich vor Kurzem im Atelier war, da habe ich Meret auf dem Boden herumkrabbeln lassen, um in Ruhe malen zu können. Leider hatte Meret die dumme Idee, mit ihren Fingern eine Steckdose zu untersuchen, weil ich nicht aufgepasst habe. Ich konnte sie zwar noch rechtzeitig wegreißen, aber dennoch hatte ich dieses blöde Gefühl, fast meine Tochter getötet zu haben. Vor Wut habe ich meine Staffelei umgetreten und wenn die Putzfrau sie nicht weggeräumt hat, dann liegt sie da immer noch herum. Na ja, und dann war ich halt eine Zeitlang depressiv und wollte mich sogar einmal vom Balkon stürzen, was ich schließlich doch nicht getan habe. Stattdessen bin ich zum Psychiater gegangen, der mir Antidepressiva verschrieben hat. An einem bestimmten Tag habe ich dann in der Praxis ein depressives Mädchen getroffen. Und dieses Mädchen hat von der phänomenalen Wirkung der Morphiumtabletten, die ihr krebskranker Vater hatte schlucken müssen und die sie nach dessen Tod geklaut hatte, geschwärmt. Ja, und sie hat mir sogar eine angedreht, ich habe sie aber nie genommen, obwohl ich manchmal Lust dazu gehabt habe. Ach ja, und wo ich schon dabei bin: Ich wollte dir schon immer mal sagen, dass ich dich echt zum Kotzen fand, als du mir zu verstehen gegeben hast, was du von einem Treffen mit Theodor hältst. Wahrscheinlich wurde ich auch deshalb derart depressiv. Immerhin hast du mir dann das Gefühl gegeben, eine wahnsinnig gute Buchhändlerin zu sein."

Es hatte durchaus Momente gegeben, in denen sie kurz davor gewesen war, ihm all das nicht unbedingt so, aber doch so ähnlich zu erzählen. Aber nie hatte sie gewusst, wie sie hätte beginnen sollen, und deshalb hatte Klaas nie etwas von ihrer Depression erfahren. Ob er jemals geahnt hatte, wie schlecht es ihr in jener Zeit gegangen war, wusste Xenia nicht.

Dank der Suppe war die brutale Kälte nach und nach aus ihrem Körper gewichen. Sie hatte bereits vergessen, wie angenehm es sich anfühlte, wenn man nicht fror. Bedrückt stellte sie fest, dass der Kampf gegen die taube Kälte einen anderen Schmerz kurz überlagert zu haben schien: Erst jetzt spürte Xenia, wie heftig es in ihrem Kopf pochte. Sollte sie die ... Morphiumtablette nehmen? Wenn nicht jetzt, wann dann? Nein ... vielleicht später. Sie spülte beide Voltarentabletten mit dem Bier herunter, bezahlte, verließ das Café Brel und hatte den unheimlichen Eindruck, als sei sie an einem fremden Ort aus einem Bus ausgestiegen. Mitten in Berlin kam sie sich plötzlich einsam und verloren vor. Einige Minuten vergingen, bis sie wieder wusste, wo sie war. Die angekündigte, nächtliche Kälte traf sie nach dem Aufenthalt im Café Brel unvorbereitet. Reflexartig verschränkte sie die Arme vor der Brust. Dabei war ihr doch gerade erst warm geworden.

Wie waren Linus und Meret eigentlich gekleidet? Sie wusste es nicht mehr. Vielleicht waren die Kinder in der Nähe. Vielleicht waren sie aber auch ganz woanders. Gab es nicht Kindesentführungen mit dem Ziel, die Kinder an irgendwelche Kinderschänder zu verkaufen?

Xenia fühlte sich, als wäre sie in dichten Nebel geraten, dem sie nicht entfliehen konnte. Was sollte sie bloß tun, um die grauenhaften Gedanken an das, was geschehen sein könnte, zu vertreiben? Sie schaute in Richtung Himmel und sah eine pechschwarze Decke, die den bevorstehenden Weltuntergang anzukündigen schien. Ihre eigene Welt war bereits untergegangen. Bekam sie etwa wieder eine Depression? Die Anfälle hatten sie damals in immer stärker werdenden Schüben heimgesucht. Kündigte sich ein solcher Schub gerade an? Nein, so dreckig wie damals ging es ihr nicht. Es gab ja noch Hoffnung ... und deshalb musste sie zurück. Zurück zu Klaas. Selbst wenn er sich nicht entschuldigen sollte, so brauchte sie ihn. Die Möglichkeit, dass sie sich zusammenrissen und sich dem, was kommen sollte, gemeinsam stellten, existierte schließlich noch.

Als sie eine halbe Stunde später im Treppenhaus stand, war sie zu erschöpft, um das zu tun, was sie immer tat: die Treppen bis in die vierte Etage hinaufzulaufen. Also nahm sie den Fahrstuhl. Ihre Begeisterung hielt sich in Grenzen, als im selben Augenblick ihre Nachbarin, eine Chinesin mit drei zwergenhaften Hunden, zur Tür hereinkam und sich zu freuen schien, dass Xenia schon den Fahrstuhl geholt hatte. Die Hunde kläfften, als hätten sie Tollwut, und die Chinesin fragte Xenia etwas, was Xenia nicht verstand, weshalb sie die Achseln zuckte. Dann hielt der Fahrstuhl endlich im vierten Stock. Es war halb elf, als sie allein vor der Wohnung stand, die sie am Vormittag zu viert verlassen hatten. Sie überlegte sich, wie sie Klaas begrüßen sollte. Ein einfaches „Hallo, ich bin wieder da!“ war unmöglich. Das würde klingen, als wäre nichts geschehen. Ein „Na, willst du dich nicht einfach entschuldigen“ ging auch nicht. Das wäre zu aggressiv und würde dazu führen, dass sie den Streit fortführen würden. „Lass mich kurz duschen und dann lass uns über alles reden, okay?“ Ja, das ging. Sie öffnete die Tür und betrat die Wohnung. Das Erste, was ihr auffiel, war die unerträgliche Stille. Im Bad brannte Licht. Aber es war gut möglich, dass Klaas vergessen hatte, es auszuschalten. Es wäre sogar typisch für ihn. Sie rief nach ihm und merkte selbst, wie ängstlich sie klang. Keine Antwort. Anscheinend war Klaas nicht mal nach Hause gegangen. Der Anrufbeantworter blinkte nicht und das hieß, dass Klaas, wo auch immer er gerade war, nicht mal versucht hatte, sie zu Hause anzurufen. Und sie würde ihm gewiss nicht hinterhertelefonieren. Jedenfalls noch nicht.

Die Wohnung kam ihr auf brutale Weise abweisend vor. Dennoch blieb ihr nichts anderes übrig, als auch hier nach den Kindern zu suchen. Sie begann im Wohnzimmer. Niemand. Anschließend ging sie ins Elternschlafzimmer. Merets Lieblingsnachthemd mit der Eiskönigin drauf lag in Xenias Bett. Sie setzte sich auf die Bettkante und streichelte es eine Weile, als läge Meret im Bett und trüge es. Dann schleppte sie sich ins Schlafzimmer der Kinder. Die vage Hoffnung, dass Linus und Meret in seinem Bett lagen wie Madita und Lisabet am Ende von *Guck mal, Madita, es schneit!*, erfüllte sich nicht. Und das obere Bett war wie immer unbenutzt. Xenia setzte sich aufs Bett, in dem Linus eine Nacht zuvor geschlafen hatte. Sie drückte das Kissen an ihr Gesicht, roch daran und versuchte, Linus' Geruch aufzusaugen. Das Kissen war an einigen Stellen feucht. Vielleicht war es Speichel von Linus, der ihm nachts aus dem Mund getropft und noch immer nicht vollständig getrocknet war.

Im Spielzimmer stand die angefangene Ritterburg. Würde Linus die Ritterburg jemals zu Ende bauen? Sie starrte die Ritterburg an, als hätte sie noch nie ein angefangenes Bauwerk aus Lego gesehen. Dann begann sie zu weinen. Es war nicht so, dass vereinzelte Tränen die Tränenflut angekündigt hätten. Es war eher so, dass die Tränen von einer auf die andere Sekunde die Wangen hinabliefen. Würden sie und Klaas das Zimmer jemals aufräumen können? Würden sie in Merets Ausmal- und Stickerbüchern, die überall herumlagen, blättern? Was würden sie überhaupt mit den Kindersachen machen? Sie verschenken? An wen? Würden sie dann irgendwann ein Kind in Linus' weißem T-Shirt mit dem schwarzen Darth Vader drauf, das Klaas ihm geschenkt hatte und das oberhalb der Maske einen roten Brombeerfleck hatte, in Berlin herumlaufen sehen? Oder ein Mädchen in Merets T-Shirt, auf dem ein Fliegenpilz und der Schriftzug *Klein, aber gemein* zu sehen waren?

Xenia schüttelte den Kopf. Nein, dachte sie, nein, nein, nein, die Kinder lebten. Vielleicht hatten sie sich in einem Laden in der Kinderecke versteckt und dann war der Laden zugemacht worden. Das war doch gut möglich. Das war sogar wahrscheinlich! Xenia wischte sich mit dem Ärmel die Tränen aus den Augen und beschloss, irgendetwas zu tun. Aber was? Zunächst ging sie auf Toilette. Nachdem sie gepinkelt hatte, duschte sie, anstatt sich ein Bad einlaufen zu lassen. War der Boden im Bad schon vorher feucht gewesen, fragte sie sich, als sie sich abtrocknete. Sie wusste es nicht. Klaas' Handtuch war aber definitiv feucht! Er war also da gewesen. Jetzt war er allerdings *nicht* mehr da. Nicht mal eine Notiz mit einem Hinweis, wohin er zu gehen beabsichtigte, hatte er irgendwo hingelegt.

Sie zog einen weißen Baumwollslip und ihren Schlafanzug an, setzte sich ins Wohnzimmer auf den Sessel und nahm ihr aktuelles Buch zur Hand. Sie hatte den Roman *Zeiten des Aufruhrs* begonnen und war hingerissen gewesen, auf welch unaufdringliche Art und Weise es Richard Yates gelungen war, seinen Protagonisten in deren Seele zu blicken. Nun standen sich Frank und April gegenüber und es entbrannte mal wieder ein fürchterlicher Streit. Die Abgründigkeit dieses Dialogs führte dazu, dass in Xenia der Streit mit Klaas wieder hochkam. Ihr wurde übel, als hätte sie ein Brechmittel geschluckt. Sie war kurz davor, das Buch in die Ecke zu schleudern, aber dann legte sie es einfach zurück. Sie drehte sich um, suchte nach irgendeiner Beschäftigung und sah das Stadtmagazin, das *Tipp*. Kaum hatte sie begonnen, darin zu blättern, entdeckte sie zwei Gläser, die auf dem Esstisch standen. Xenia stutzte. Wer hatte aus dem zweiten Glas getrunken? War ein Nachbar vorbeigekommen? Oder Hannes? Oder ... Xenia stand auf und ging langsam zum Tisch. Sie nahm eines der Gläser in die Hand und betrachtete es aus der Nähe wie ein Detektiv in einem Schwarzweißfilm. War daran etwa ein zarter Rest Lippenstift? Ja!

Eine Frau war also da gewesen!

Aber welche? Hatte er sich eine Prostituierte ... „geholt"? Um sich abzulenken? Seine männlichen Instinkte hatte er an jenem Tag kaum beherrschen können. Hatte Klaas sich endgültig von seinen Trieben steuern lassen? Und gevögelt, während die Kinder... Erneut begann Xenia zu weinen. Ihr blieb keine andere Wahl, als Klaas zu fragen und wahrscheinlich einen weiteren Schritt in Richtung Hölle zu gehen.

Lesen und Blättern hatten nichts genützt, also setzte Xenia sich vor den Fernseher und zappte durch die Programme. Eigentlich zappte sie nie. Aber es war eh nichts mehr so, wie es noch am Morgen gewesen war. Also durfte sie zappen, obwohl sie es eigentlich für idiotisch hielt. Egal auf welches Programm sie kam, es lief nur Schwachsinn. Irgendwelche Moderatoren, die wirkten, als seien sie high, unterhielten sich mit Gästen, die auch wirkten, als seien sie high. Oder es wurde gesungen. Oder es wurden Talente gesucht und mal wieder nicht gefunden. Oder es wurde gekocht. Oder es liefen Actionblockbuster, für die jemand vergessen hatte, vorher ein Drehbuch zu schreiben. Oder es lief Werbung. Sie schaltete den Fernseher aus, stand auf und brachte die Gläser in die Küche.

Erst jetzt merkte sie, dass sie Durst hatte. Sie öffnete den Kühlschrank, und das Erste, was sie sah, war die Whiskeyflasche. Die Flasche, die Klaas schon gehabt hatte, als sie bei ihm zum ersten Mal im Büchereck aufgetaucht war. Heute hatte er offensichtlich Lust bekommen, Whiskey zu trinken. Nun ... es war nicht so, dass sie dafür kein Verständnis gehabt hätte. Schließlich hatte auch sie sich nach einer kurzen Betäubung gesehnt. Xenia schüttete den Rest Whiskey in ein Glas. Es waren höchstens noch 0,1 Liter übrig. Selbst wenn die ominöse Frau mitgetrunken hatte, würde Klaas vollkommen hinüber sein und nicht mehr wissen, was er tat.

Xenia hatte gerade erst aufgehört zu weinen, nun begann sie schon wieder. Dieses Mal schluchzte sie wie ein kleines Kind. Nein ... sie musste etwas gegen diese immer wiederkehrenden Verzweiflungsattacken tun. Und plötzlich hatte sie eine Idee, was ihr genau in dieser Situation helfen konnte. Sie wischte sich mit dem Ärmel über die Augen und hetzte geradezu zu ihrer Handtasche, riss die Schachtel auf, entnahm ihr die Tablette, die ihr vor langer Zeit mit einem großen Versprechen gereicht worden war, und spülte sie, bevor sie es sich anders überlegen konnte, mit dem Rest Whiskey herunter. Kaum hatte sie das Glas abgesetzt, schüttelte sie den Kopf. Natürlich hätte sie die Tablette mit Wasser herunterspülen müssen, aber vielleicht war es gar nicht schlecht, dass es in ihrer Speiseröhre brannte und sich ihr Magen anfühlte, als wäre darin ein Böller explodiert. Eine Weile stand sie reglos in der Küche. Nichts weiter geschah. Deshalb suchte sie in ihrem Nachtschrank die restlichen Antidepressiva. Fünf Pillen waren noch im Blister.

Sie drückte zwei heraus und umschloss sie mit der Hand, als hätte sie Angst, jemand könnte sie ihr wegnehmen. Sollte sie wirklich? Ja! Denn sie wollte sichergehen, keinen Rückfall zu bekommen. Sie musste sich von den Gedanken an Linus und Meret lösen... Vor allem von den Gedanken daran, was ihnen zugestoßen sein könnte. Sie ging zurück in die Küche und spülte die Pillen mit einem Glas Wasser runter. Leicht benommen lehnte sie sich an den Herd und starrte an die Decke. Nach ein paar Minuten lachte sie laut auf. Denn in und mit ihrem Körper geschah etwas! Die Decke war plötzlich... rot! Oder doch blau? Die Farben wechselten, aber das war egal, denn es waren schöne Farben. Erneut lachte Xenia. Die Kinder ... die Kinder ... würden auftauchen! Es gab überhaupt keine andere Möglichkeit mehr als diese.

„Die Kinder werden wieder auftauchen!“, sagte sie, und sie sagte es mit lauter, klarer Stimme, als müsste sie nicht nur sich selbst, sondern zwölf Geschworene überzeugen.

Aber wie und wo sollte sie die kommenden Stunden verbringen? In ihren Beinen kribbelte es so wie damals, als sie sich mit fünfzehn mit einer Freundin zwei Flaschen Sekt geteilt hatte. Ja, sie sollte weggehen. Ausgehen. Es nützte eh nichts, sich in der Wohnung zu verbarrikadieren. Egal, was passiert war, die Kinder würden sicher nicht mitten in der Nacht zurückkommen. Wie auch? Vermutlich schliefen sie gerade irgendwo. Genau. Linus hatte einen Klassenkameraden getroffen, mit dessen Eltern Xenia nichts zu tun hatte. Und dieser Klassenkamerad verbrachte das Wochenende bei seiner Oma, die sich von Linus bequatschen und von Merets Charme einlullen ließ, und deshalb konnten sie auch über Nacht bleiben. Das war nur eine von tausend harmlosen Möglichkeiten, was genau geschehen sein konnte. Xenia ging zurück zum Sessel und las das *Tipp*, was in ihrem Zustand durchaus anspruchsvoll war. Die Buchstaben tanzten, und erst, als sie ihre Augen zu Schlitzen verengte und sich auf jedes einzelne Wort konzentrierte, gelang es ihr, die einzelnen Tipps zu verstehen und einzuordnen – das meiste war nichts für sie. Aber eine Veranstaltung sprach Xenia durchaus an:

Die Nacht der offenen Etagen im Palais Tohuwabohu

Laut Eigenwerbung auf derselben Seite handelte es sich bei der „Nacht der offenen Etagen" um „Ausstellungen mit Geheimtippcharakter und einer Party mit wichtigen Leuten, die sich alle nicht wichtig nehmen". Xenia lachte, als sie feststellte, dass sich der *Palais Tohuwabohu* in Charlottenburg in der Nähe des Savignyplatzes befand. Das *Tohuwabohu* warb im Kleingedruckten konkret mit den Ausstellungen „WPGO" und „MPGO". Und „mit einem feurigen Ambiente" im Innenhof. Xenia hatte zwar keine Ahnung, was unter den Kürzeln zu verstehen war. Aber ihr Entschluss stand fest: Dort musste sie hin. Im *Tohuwabohu* würde sie bestimmt Künstler treffen, die sie nicht vergessen hatten. Wieder lachte sie.

Konnte sie eigentlich noch gut aussehen? Attraktiv? Ja ... konnte sie! Sie ging ins Schlafzimmer und zog sich um. Der gemütliche, weiße Slip wurde durch einen roten ersetzt. Ihre Brüste verschwanden hinter dem zum Slip passenden BH, dem Klaas zu einer anderen Zeit in einer anderen Welt nicht nur einmal eine ungeheure Wirkung bescheinigt hatte. Da ihre Beine noch immer zweifelsohne ansehnlich waren, zog sie eine schwarze Strumpfhose und einen schwarzen Rock an. Als Oberteil wählte sie eine geradezu unverschämt eng ansitzende, rote Bluse, durch die sich – und das war ihr nicht unwichtig – der BH abzeichnete. Sie betrachtete sich im Wohnzimmerspiegel und warf der Frau, die sie sah, ein Lächeln zu: Diese Frau würde sich hinter irgendwelchen Studentinnen nicht verstecken müssen. Sie ging ins Bad, trug dezent Lippenstift auf – machte sie sonst nie – und benutzte zum ersten Mal seit einer Ewigkeit wieder Wimperntusche und Lidschatten. Ein wenig Parfum, das Kenner sofort als edlere Marke erkennen würden, übertünchte den Geruch von salzigen Tränen.

Sie wollte andere Menschen treffen. Menschen, mit denen man sich geistreich unterhalten konnte. Und ganz plötzlich war noch ein viel konkreterer Wunsch da: Vor allem wollte sie Männer treffen. Am besten Künstler. Männer blieben jedoch, auch wenn sie Künstler waren, bloß Männer. Es würde ihr guttun, sollte sie feststellen, dass der eine oder andere Mann mehr wollte als sich mit ihr über Kunst zu unterhalten.

Sie zog eine elegant aussehende, dunkelschwarze Strickjacke über und rief sich ein Taxi. Der Taxifahrer fuhr sie wunschgemäß zum *Tohuwabohu*. Xenia versuchte erst gar nicht, durchs Fenster die Straßen nach Linus und Meret abzusuchen. Denn die Lichter der Straßenlaternen trafen wie grelle Blitze auf ihre Augen, und es dauerte nur Sekunden, bis sich die Blitze zu einem Strahl bündelten, der sich, wenn sie die Augen schloss, wie ein Kreisel drehte. Das Gefühl unendlicher Freiheit, das sie durchströmte, war herrlich. Sie hatte noch kurz zuvor geglaubt, wenigstens so etwas Ähnliches wie Lust und Freude nie wieder empfinden zu können. Nun würde sie sich selbst beweisen, dass sie sich geirrt hatte.

Hätte sie Klaas wenigstens anrufen sollen? Nein. Schließlich war er in der Wohnung gewesen und hatte es versäumt, ihr wenigstens eine Nachricht zu hinterlassen. Außerdem schien Klaas sich ebenfalls zu vergnügen.

Mit der Frau, die Spuren auf dem Glas hinterlassen hatte.

KLAAS' NACHT: TEIL I (20:02 – 00:27)

„Hey ... hallo. In zivil sehen Sie ja ganz anders aus", sagte Klaas zur Frau, die vor der Haustür stand und auf ihn wartete.

Sie trug eine Jeans, Schuhe mit etwas zu hohen Absätzen, eine rosa Bluse und eine viel zu kurze Jeansjacke, die nur die Schulterpartien bedeckte. Eigentlich musste ihr verdammt kalt sein. Sie zeigte aber keinerlei Anzeichen zu frieren.

„Auch hallo. Irgendwann muss man seine Uniform ja mal ausziehen", sagte die junge Polizistin, die er wenige Stunden zuvor kennengelernt hatte. Klaas hatte vergessen, wie sie hieß. Hatte sie sich überhaupt selbst vorgestellt, als sie ihre Personalien aufgenommen hatte? Beim besten Willen konnte sich Klaas nicht mehr daran erinnern.

„Wie war noch gleich Ihr Name?"

„Schneider. Ich wollte eigentlich bloß erzählen, was ich im Zoo gemacht habe... Da gab es nämlich sich widersprechende Aussagen. Und ich dachte, dass Sie das wissen sollten."

Klaas fühlte sich einen Augenblick lang, als würden alle Organe gleichzeitig versagen. Lebte er noch? Er atmete langsam ein und aus. Ja, er lebte noch. Mit leicht zitternder Stimme fragte er: „Sich widersprechende Aussagen? Was genau meinen Sie damit? Und kommen Sie etwa in Ihrer Freizeit, um uns das persönlich zu sagen?"

„Ich treffe mich gleich mit Freundinnen, und Ihre Wohnung liegt quasi auf dem Weg. Und vorhin musste ich an meinen Neffen denken..."

„An Ihren Neffen?"

„Ja, genau. Der ist sieben und hat sich das Bein gebrochen. Und seine Klassenlehrerin ist doch tatsächlich bei ihm vorbeigekommen, um ihm persönlich zu erklären, welche Aufgaben er zu Hause machen soll. Das hat mich total beeindruckt. Das hat sie ja auch in ihrer Freizeit gemacht."

„Dann kommen Sie doch bitte kurz rein und erzählen Sie mir alles in Ruhe", sagte Klaas, während er die Tür zum Treppenhaus öffnete.

Er wusste nicht genau, was er sich davon versprach. Hatte er vielleicht das dringende Bedürfnis, getröstet zu werden? Wie ein Kind, dessen Kaninchen gestorben ist und das sich danach sehnt, von der Mutter in den Arm genommen und gestreichelt zu werden? Oder hatte er schlicht und ergreifend Angst, die Wohnung allein – ohne Polizeischutz sozusagen – zu betreten?

„Wo ist eigentlich Ihre Frau? Ich hatte sie zuerst angerufen", sagte die Polizistin, die keinerlei Anstalten machte, ihm zu folgen.

Stimmt. Xenias Handy hatte geklingelt, bevor es in der Spree eingetaucht war.

„Das ist kompliziert", sagte Klaas, und die Polizistin nickte, als sei damit für sie alles klar.

„Kommen Sie", sagte er erneut.

Frau Schneider schaute ihn unsicher an, als könnte sie nicht einschätzen, ob Klaas sich in der Wohnung auf sie stürzen oder ihr nur ein Glas Wasser anbieten würde. Schließlich flüsterte sie irgendetwas, das wie ein „na gut" klang. Einen Augenblick später standen sie vor der Wohnung.

„Warten Sie“, sagte er.

Er wollte die Wohnung zuerst allein betreten. Sollten die Kinder da sein, sollten sie nicht sofort eine Frau sehen, die nicht ihre Mutter war.

Kaum hatte er die Wohnungstür geöffnet, rief er nach den Kindern und bekam keine Antwort, womit er auch nicht gerechnet hatte. Schließlich hätten sie nur mit Hannes‘ oder Ceyhans Hilfe reinkommen können, und in diesem Fall wäre Klaas längst angerufen worden. Erst jetzt bat er die Polizistin herein.

„Hängen Sie doch Ihre Jacke an die Garderobe.“

„Ich bleibe nicht lange.“

„Wie heißen Sie eigentlich mit Vornamen?“

Die Frage war ihm eher rausgerutscht. Aber warum bloß? Wollte er ihr Vertrauen gewinnen? Wäre sie dann eher bereit, ihn einmal in den Arm zu nehmen und ein paar Minuten einfach zu halten? Und wollte er das eigentlich wirklich?

„Bianca.“

Bianca. Neulich hatten sie an einem Samstagabend *Bernhard und Bianca* geschaut. Klaas hatte sich zu Xenia und den Kindern gesetzt und sogar bis zum Ende mitgeguckt, weil dieser Film als Kind sein Lieblingsdisneyfilm gewesen war.

Er schaute die Polizistin, die deutlich jünger war als er, an. Sollte er ihr nicht das „Du“ anbieten? Jetzt, nachdem er sie schon nach dem Vornamen gefragt hatte, war das doch nichts weiter als der nächste, folgerichtige Schritt. Aber gehörte sich das? Er dachte darüber mit einer Ernsthaftigkeit nach, als handelte es sich dabei um den Ursprung aller Probleme, die den zurückliegenden Tag und vielleicht den Rest seines Lebens in eine unberechenbare Achterbahnfahrt verwandelt hatten.

„Bianca ... wollen wir uns nicht duzen?“

„Ich denke, das lassen wir mal schön bleiben.“

„Ja … gut. Und auch … besser so", sagte er und schämte sich: Anstatt nach ihrem Vornamen hätte er nach den Kindern fragen müssen.

Beziehungsweise nach den *sich widersprechenden Aussagen*. Das holte er jetzt nach.

„Was wollten Sie eigentlich genau erzählen?"

„Was ich Ihnen erzählen wollte, war, dass ich noch in den Zoo gegangen bin, und da gab es jemanden, der behauptet hatte, er hätte Linus und Meret gesehen", sagte die Polizistin noch im Flur stehend.

Klaas wollte etwas sagen, doch es gelang ihm nicht. Erneutes Organversagen. Wieder atmete er langsam ein und aus.

„Kommen Sie, ich muss mich setzen…", sagte er.

Er fragte, ob sie etwas trinken wolle. Leitungswasser, sagte sie. Zwei Minuten später saßen sie sich im Wohnzimmer am Esstisch gegenüber und tranken ihre Gläser Leitungswasser jeweils in einem Zug aus. Dann begann die Polizistin zu erzählen.

„Also die Kartenabreißer, die ich gefragt habe, haben tatsächlich gesagt, dass sie die Kinder nicht gesehen hätten. Aber sie haben auch gesagt, dass es am Samstag immer möglich ist, auch so reinzukommen. Vor allem bei Familien verliert man da wohl schnell den Überblick, welche Kinder zu wem gehören, und Kinder unter fünf haben ja eh freien Eintritt. Auf die achtet man dann wohl sowieso nicht so genau. Das hat mir gereicht, um auch *im* Zoo zu suchen."

Klaas dachte an Linus. Eigentlich hielt er sich an Absprachen. War das von Beginn an Xenias und sein Denkfehler gewesen? War es nicht vielleicht so, dass man sich in gewissen Situationen vollkommen anders verhielt, als es allgemein erwartet wurde? Hätte er selbst nicht noch am Morgen kategorisch ausgeschlossen, Xenia jemals zu ohrfeigen? Und er war im

Gegensatz zu Linus ein Erwachsener, der sich unter Kontrolle haben sollte.

„Ich habe die Kinder einmal ausrufen lassen. Dann hat mich ein Tierpfleger zum Spielplatz begleitet, dorthin gehen Kinder doch vermutlich als Erstes. Da stand ich dann also. Es wurde immer stürmischer und viele Eltern begannen ihre Sachen zusammenzupacken. Auf dem Spielplatz sind aber noch Dutzende Kinder rumgelaufen. Einige von ihnen zuckten ganz schön zusammen, als das Gewitter dann losging. Ein Kind lief sogar heulend zu seiner Mama. Egal", sagte Frau Schneider.

Egal war das eigentlich nicht, fand Klaas. Er war sich sicher, dass Meret noch nie ein solches Gewitter bewusst erlebt hatte. Wie reagierte sie, wenn sie sich nicht an ihre Eltern klammern konnte? Nun ... sie würde sich an Linus klammern wollen. Aber hätte Linus nicht selbst Angst gehabt? Die Polizistin fuhr fort:

„Auf dem Spielplatz gibt es ja unheimlich viele Verstecke, ich meine jetzt, wo Erwachsene kaum oder gar nicht reinpassen. Ich habe dann begonnen, Fotos zu zeigen, und die Erwachsenen haben reihenweise den Kopf geschüttelt. Aber das hatte eigentlich nichts zu bedeuten. Die meisten waren, als ich sie gefragt habe, gerade mit ihren Handys beschäftigt. Plötzlich hat eine Mutter aber gesagt, dass sie glaubt, die beiden gesehen zu haben und hat ihre Töchter gerufen. Die sind auch sofort gekommen, das heißt, die waren wohl eh schon auf dem Weg gewesen, und die ganze Zeit haben sie ein wenig albern gekichert. So wie Mädchen halt manchmal sind. Dann haben sie gesagt, sie haben keine Kinder gesehen, die so aussehen. Und die Mutter hat daraufhin gesagt, dass sie sich wohl geirrt hat. Während ich mit ihr gesprochen habe, gab es zum ersten Mal die Durchsage, dass alle Zoobesucher den Zoo verlassen sollten. Wegen dem Unwetter. Ich habe dann am Haupausgang gewartet. Das heißt, dass sie, wenn sie doch da gewesen sind, natürlich durch den Nebenausgang rausgegangen sein könnten."

Klaas schüttelte den Kopf, ohne dass Frau Schneider davon Notiz nahm. Wenn sie es wie auch immer tatsächlich geschafft haben sollten, sich an den Kartenabreißern vorbeizuschleichen, dann hätten sie den Zoo auf jeden Fall durch das Haupttor wieder verlassen, denn eine andere Möglichkeit den Zoo zu verlassen, kannten sie nicht. Und warum hätten sie nicht wie alle anderen auch aufbrechen sollen? Und was hätte sie daran gehindert, sofort zum Büchereck zurückzulaufen, das zu dem Zeitpunkt noch geöffnet hatte?

„Dann bin ich zurückgegangen, zur Dienststelle meine ich, und habe Feierabend gemacht. Als ich zu Hause war, dachte ich, dass ich es Ihnen persönlich erzählen sollte, dass eine Mutter geglaubt hat, Ihre Kinder gesehen zu haben. Und na ja … das habe ich jetzt ja getan. Wenigstens einem von Ihnen", sagte sie, und wieder klang es, als hätte sie das Gefühl, ihren ungewöhnlichen Schritt, sie nach Dienstschluss aufzusuchen, begründen zu müssen.

Sie blieben einen Augenblick sitzen und schwiegen.

„Vielleicht wollte ich es auch unbedingt erzählen, weil das doch zeigt, dass es einfach viele Möglichkeiten gibt. Allerdings…"

Sie sprach nicht weiter.

„Ja?"

„Allerdings frage ich mich gerade, ob ich es nicht lieber hätte lassen sollen."

Klaas schüttelte den Kopf.

„Nein. Dass die Kinder im Zoo waren, glaube ich zwar noch immer nicht. Aber dass Sie und andere die Kinder wirklich gesucht haben und weiterhin suchen werden, dass Sie extra gekommen sind … dieses … Gefühl…"

Er hatte keine Ahnung, wie er den Satz beenden sollte. Deshalb sagte er einfach: „Danke."

Sie lächelte, dann ging sie. Kaum war die Tür hinter ihr ins Schloss gefallen, ließ er sich Wasser für ein Bad einlaufen. Auf die Zugabe von Melisseöl verzichtete er. Wenn Xenia ihr persönliches Paradies hätte beschreiben sollen, dann hätte ein Vollbad mit Melisseöl einen festen Platz darin gehabt. Und er wollte gerade nicht an Xenia denken. Und nach Möglichkeit auch nicht an die Kinder. Da dies nahezu unmöglich war, versuchte er, im Kopf eine Liste mit allen Romanen von Stephen King zu erstellen und sie nach Erscheinungsjahr zu ordnen. Das klappte! Als er über die Liste nachdachte, merkte er, wie seine Glieder langsam schwerer wurden und ihm erste, wirre Bilder im Kopf herumspukten, die sich nicht zusammenfügen ließen, und riss die Augen auf. Sein Blick fiel auf die Ablage am Fußende der Badewanne. Dort stand ein Körbchen, das auf chaotische Weise gefüllt war mit Bechern unterschiedlicher Größe und unterschiedlicher Farbe, mit einer blauen Gießkanne und leeren Shampootuben. Linus und Meret badeten noch immer zusammen und machten daraus stets eine Party, nach der das halbe Bad unter Wasser stand.

Klaas presste seine Augenlider fest aufeinander, um die Tränen zurückzuhalten. Die Kinder waren weg... Und die für Klaas so niederschmetternde Wahrheit war: Wenn Xenia sich wie üblich durchgesetzt hätte, würde er auf einen stinknormalen, vermutlich entspannten Samstag zurückblicken können. Aber ausgerechnet in diesem Fall war er es gewesen, der sich durchgesetzt hatte. Und nun war ihr Leben vollkommen aus den Fugen geraten. Und dann, als wäre die Situation nicht schon hoffnungslos genug gewesen, hatte er nicht etwa versucht, sie zu entschärfen und Xenia in den Arm zu nehmen und fest an sich zu drücken. Nein: Wie ein geübter Kampfsportler hatte er auf Xenias wundesten Punkt gezielt und nach der 1-1-0 in ihrem Handy, in dem ein gutes Dutzend „Notfallnummern" gespeichert waren, gefragt. Sein Plan war auf bestürzende Weise aufgegangen.

Das Wasser war inzwischen kalt. Er verließ die Badewanne, rubbelte sich ab, zog sich an und wankte anschließend wie ein Betrunkener durch die Wohnung. Was sollte er tun? Und wenn die Kinder doch im Kinderschlafzimmer lagen und fest schliefen, was eigentlich unmöglich war? Klaas öffnete vorsichtig die Tür. Niemand war da. Er setzte sich aufs untere Bett, nahm das Kissen von Linus in die Hand und drückte sein Gesicht hinein, um Linus' Geruch aufzusaugen. Wie lange würde es dauern, bis der Geruch komplett entwichen war? Und was machten sie mit der halbfertig gebauten Burg, die im Spielzimmer stand und momentan wie ein Ruine aussah, sollte Linus nicht mehr auftauchen? Warum hatte er ihm eigentlich kein einziges Mal geholfen, die Teile zu suchen? Warum hatte er immer nur das bestaunt und bewundert, was Linus ohne seine Hilfe gebaut hatte? Warum hatte er sich nie wirklich Zeit genommen für die Kinder? Warum hatte er sich mit Meret nie an einen Tisch gesetzt und Bilder ausgemalt? Warum hatte er, der Extrembüchermensch, das Vorlesen Xenia überlassen? Wenigstens das hätte er doch abends übernehmen können... Wie oft waren sie gemeinsam im Urlaub gewesen? Nie. Warum? Weil Klaas das Büchereck nicht allein lassen wollte, obwohl er mit Ceyhan und Hannes das zuverlässigste Personal hatte, das man sich wünschen konnte.

Klaas hatte gar nicht gemerkt, dass er angefangen hatte zu heulen. Es war kein verbissenes, männliches Weinen, für das man sich schämt. Er heulte laut schluchzend ins Kissen hinein.

Als er ausgeweint hatte, legte er das Kissen behutsam zurück und verließ das Zimmer. Er warf einen Blick ins Spielzimmer, sah die begonnene Burg und zog die Tür sofort wieder zu. In ihrem Schlafzimmer lag Merets zusammengelegtes Nachthemd auf Xenias Bett. Meret schlief immer bei Xenia, obwohl sie Linus' das obere Bett quasi weggenommen hatte. („Ich schlafe oben!!!") Nie hatte Klaas sie morgens zu sich ins Bett geholt, um mit ihr zu kuscheln. Nie. Wahrscheinlich wusste Meret gar nicht, dass man auch mit einem Papa unter einer Decke kuscheln konnte.

Er ging ins Wohnzimmer, setzte sich auf einen Sessel, schaute an die Decke und hatte das Gefühl, dass sie sich drehte. Wo waren die Kinder bloß? Wo... Nein. Klaas musste auf vollkommen andere Gedanken kommen. Er musste vergessen. Wenigstens eine Stunde lang. Oder ... oder ein paar Stunden lang. Und es gab durchaus ein zwar primitives, aber äußerst verlässliches Mittel, einen Verdrängungsprozess in Gang zu setzen. Er müsste sich betrinken. Nicht so, dass er ins Koma fallen und in einer Klinik aufwachen würde. Aber angenehm berauscht sollte er sich mindestens fühlen. Es gab diesen Zustand, in dem man sich verliebt fühlt, ohne verliebt zu sein. In dem vieles, was zuvor tiefschwarz gewesen ist, plötzlich rosarot leuchtet. In dem es nur noch Begnadigungen und keine Hinrichtungen mehr gibt. Und in seinem Alter mit seiner Trinkerfahrung wäre er gewiss in der Lage, genau diesen Zustand zu erreichen, ohne versehentlich die Grenze zur besinnungslosen Trunkenheit zu überschreiten. Er überlegte. Welches Getränk böte sich an? Bier? Davon bräuchte er zu viel. Wein? Wein war *ihr* Getränk. Schon zu den unverschämt einfachen Zeiten, als sie durch die Moabiter Kneipen und Bars gezogen waren, hatten sie nie etwas anderes bestellt als eine Flasche Merlot oder Bordeaux. Rotwein würde er erst wieder trinken, sollten die Kinder wieder auftauchen und er sich mit Xenia versöhnen.

In diesem Moment fiel ihm die Flasche Whiskey ein. Sie stand in der Küche in einem Regal und war bereits angestaubt. Klaas öffnete sie und schenkte sich ein Glas ein. Dann … schüttete er den Whiskey ins Klo, wusch das Glas aus und stellte es in die Geschirrspülmaschine. Nein. Er durfte sich nicht betrinken. Er musste einen klaren Kopf behalten … das musste er … aber … einen kleinen Schluck … ja … einen kleinen Schluck, der ihn einmal kräftig schüttelte … einen solchen Schluck durfte er sich gönnen. Er schenkte sich erneut ein. Einen Whiskey, wie man ihn an der Bar serviert bekäme. Nicht mehr. Nicht weniger. Er trank ihn in einem Zug. Die Flüssigkeit schien die Speiseröhre wie in Zeitlupe herunterzulaufen und auf dem Weg eine brennende Schneise zurückzulassen. Klaas bekam eine Gänsehaut. Dann breitete sich das brennende Gefühl ausgehend vom Magen in seinem ganzen Körper aus … und es tat ihm gut. Ja … es tat ihm … sehr, sehr gut. Er schenkte sich noch einen ein. Und trank ihn. Und dann noch einen … einen Doppelten. Stopp. Das reichte. Oder? Nein, einen weiteren Doppelten vertrug er mit Sicherheit noch … oder etwa nicht? Doch!

Anschließend füllte er Whiskey in eine 0,5 l – Plastikflasche und stellte die annähernd leere Flasche in den Kühlschrank. Die Plastikflasche steckte er wiederum in seine Umhängetasche. Wegschütten könnte er den Whiskey immer noch. Er zog feste Schuhe an, einen dünnen, schwarzen Fleecepullover und eine Jeansjacke. Das musste reichen. Bevor er ging, kontrollierte er, ob er sein Handy eingesteckt und auf laut gestellt hatte und ob im Portemonnaie genug Geld war, um in der einen oder anderen Bar noch etwas zu trinken. Vielleicht einen Whiskey. Vielleicht auch bloß Wasser. Dann verließ er die Wohnung. Als er die Treppen mehr hinuntersprang als -ging, fuhr ein Fahrstuhl hinauf. Er hörte ein dumpfes Gebell. Wahrscheinlich war es die Chinesin, die ein Stockwerk über ihnen wohnte und ihr Leben der Pflege ihrer drei Hunde widmete, die klein und haarig waren und von Weitem wie ein einzelner, noch immer zu klein geratener Hund aussahen.

Es war kurz nach zehn, als er aufbrach. Hätte er Xenia einen Zettel hinterlassen sollen? Ja. Sollte er umkehren? Nein. Sie würde ihn vermutlich eh anrufen, sollte sie wann auch immer nach Hause kommen. Klaas folgte dem Weg, den sie zu viert Stunden zuvor gegangen waren. Er nahm einen langen Zug aus der Plastikflasche, genoss die Wärme, die ihn durchströmte, und ging weiter. Auf der gelben Brücke hielt er kurze inne. Er blickte an der Stelle übers Geländer, wo Xenias Handy in die Spree gefallen war. Nachdem sie es auf ihn geworfen hatte! Warum waren sie nicht in der Lage gewesen, sich in dieser Situation *anders* zu verhalten? Wie Menschen. Wie ein Ehepaar, das versucht, eine sich anbahnende Katastrophe gemeinsam abzuwenden? Wie hätten andere Paare reagiert? Tief religiöse Paare zum Beispiel? Hätten sie gemeinsam gebetet, anstatt sich zu ohrfeigen? Oder Paare, deren Ehe vorher schon ein Kleinkrieg gewesen war? Hätten sie versucht, sich wenigstens in einer solchen Situation zusammenzureißen?

Er ging weiter an der S-Bahn Tiergarten vorbei – warum waren sie am Vormittag eigentlich nicht einfach zu Fuß gegangen? Weil Meret so gern an den S-Bahnstationen Rolltreppe fuhr? Oder weil sie seit Monaten ohne Kinderwagen unterwegs waren und Merets Kräfte schonen wollten? Oder doch eher, weil Linus in der S-Bahn gern Menschen beobachtete? Ehe er sich versah, war er im Tiergarten und hatte die Brücke über den Landwehrkanal überquert. Das Ufer des Landwehrkanals, das an den Zoo grenzte, war nachts abgesperrt. Klaas blieb abrupt stehen und betrachtete das Tor, bei dem es sich um ein etwa zweieinhalb Meter hohes Gitter handelte und das abends mit Einsetzen der Dämmerung verschlossen wurde. Ohne länger darüber nachzudenken, traf Klaas eine Entscheidung: Er schaute sich wie ein Dieb, der die Situation unmittelbar vor einem Einbruch abschätzt, um. Dann zog er sich an den seitlichen, etwas dickeren Stäben hoch. Um ohne Verletzung die speerförmigen, oberen Spitzen des Tores zu überwinden, musste man kein Reckturner sein. Aber dass Klaas kein überflüssiges Fett mit sich herumtrug, half ihm durchaus. Als er es geschafft hatte und jenseits des Tores stand, staunte er einen Augenblick über sein akrobatisches Geschick. Dann entfernte er sich mit schnellen Schritten vom Tor. Vom gegenüberliegenden Ufer würde man ihn sehen können. Aber wahrscheinlich waren nur Touristen um diese Zeit unterwegs. Oder Verliebte. Also niemand, der sich die Mühe machen würde, die Polizei zu rufen. Und wenn schon. Tat er nicht etwas, was selbstverständlich war? Für die eigenen Kinder würde nicht nur er – der Vater, der sich selten Zeit genommen hat – mehr wagen, als über irgendwelche Absperrungen zu klettern. Im Zweifelsfall würde auch er für sie *alles* tun. Der Zaun, der das eigentliche Zoogelände vom Uferweg abgrenzte, war an einigen Stellen höchstens anderthalb Meter hoch. Obwohl er dazu diente, die Menschen am Ein- und die Tiere am Ausbruch zu hindern, war er nicht durch Stacheldraht gesichert. Klaas blickte zum anderen Ufer rüber. Er sah niemanden.

Wenige Sekunden später war er im Zoo, in dem er sich so gut auskannte wie andere Menschen in ihrem Vorgarten. (Immerhin hatte er sich darauf eingelassen, einmal pro Woche Hannes und Ceyhan – und dann noch an einem Samstag –, einige

Stunden lang das Büchereck zu überlassen, um mit in den Zoo zu gehen. Aber selbst das war ihm schwergefallen.) Weder die Kraniche noch die Nandus, die Linus für Strauße hielt, waren im Außengehege. Er hastete vorbei an einem kleinen Wasserfall und schlug die Richtung zum Robbenbecken ein. Die Wege waren noch nicht von den zahlreichen Ästen befreit, die der Sturm ausgerissen hatte. Und auch der Starkregen hatte Spuren hinterlassen: Die Pfützen hatten an einigen Stellen einen größeren Umfang als der klassische Goldfischteich im Garten eines Reihenhauses.

Eine Frage ließ Klaas nicht los, während er durch den Zoo mehr stapfte als ging und nur seine eigenen Schritte hörte: Warum hatten sie den Zoo nicht wie alle anderen verlassen, sollten sie wirklich da gewesen sein? Seine Schritte wurden langsamer. Doch ... natürlich wären sie in einer solchen Situation zum Hauptausgang geeilt. Und wenn sie das getan hatten, dann muss ihnen anschließend was auch immer zugestoßen sein. Aber was? Klaas versuchte, nicht daran zu denken. Die einzige nicht ganz abwegige Möglichkeit war, dass sie sich während des Massenaufbruchs, der am späten Nachmittag auch ohne wetterbedingtes Chaos einsetzte, in eine Ecke in einem der Häuser verkrochen hatten. Es gab mehrere Häuser, die sich anboten. Am ehesten hätten sie vermutlich im Affenhaus die Zeit vergessen. Denn das, was sich im Affenhaus abspielte, war für Linus und Meret vergleichbar mit dem Auftritt des Clowns oder der Akrobaten in einem Zirkus. Doch während der Clown und die Akrobaten nach ein paar Minuten die Arena verließen, blieben die Affen und hörten nie auf, sich wie Clowns oder Akrobaten zu verhalten. Es war schon vorgekommen, dass sich Klaas und Xenia einen Kaffee geholt und sich vor dem Affenhaus auf eine Bank gesetzt hatten und die Kinder dann trotzdem eine Stunde später abholen mussten. Und dann saßen sie noch immer vor demselben Gehege. Aber angenommen, sie hätten beim Beobachten der Orang-Utans von allem, was um sie herum geschah, nichts mitbekommen und wären die Letzten gewesen, dann wären sie irgendwann von einem der Tierpfleger entdeckt worden. Klaas überlegte. Sollten die Tierpfleger jedoch schnell aufgebrochen sein und nicht mehr genau kontrolliert haben, könnten sie sich sehr wohl noch in irgendeiner Ecke irgendeines Hauses aufhalten. Dann wäre das zwar nicht der Worstcase, aber helfen könnte er ihnen nicht. Denn die Häuser waren nachts abgeschlossen. Er käme nirgendwo rein und selbst wenn er nach seinen Kindern rufen, ja selbst wenn er nach ihnen brüllen würde, so würden sie ihn vermutlich nicht mal hören. Klaas machte, bevor er das Robbenbecken erreicht hatte, auf Höhe des Hyänengeheges kehrt. Als er bei den Wölfen war und wieder zum niedrigen Zaun hätte abbiegen können, entschied er sich, zum Spielplatz zu gehen, den man vom Wolfsgehege aus sehen konnte. Es war ungewöhnlich still. Obwohl der Zoo letztendlich nichts weiter als eine überschaubare Oase mitten im alten Zentrum Westberlins war, durchbrach nur gelegentliches Hupen und manch ein aufheulender Motor die Stille.

Auf dem Spielplatz sollen sie gesehen worden sein. Klaas kannte nicht wenige, die sich eine Dauerkarte ausschließlich wegen des Spielplatzes gekauft hatten. Es war ein Spielplatz, der die Phantasie der Kinder anregte, weil es gleich zwei Kletterbereiche gab, die einem Schiff nachempfunden waren. Und auf jedem dieser Schiffe mit Steuerrad und Ausguck gab es unzählige Möglichkeiten zu klettern und genauso viele Möglichkeiten sich zu verstecken. Klaas kannte sich in dem Gewirr aus Tunneln recht gut aus. Er hatte mit Linus und Meret manchmal fangen gespielt. Immerhin dafür war er sich nie zu schade gewesen. Natürlich hatte Klaas nie eine Chance gehabt. Denn als Erwachsener war es unmöglich, wie die Kinder durch die engen Eingänge zu springen. Und wenn man sich reingezwängt hatte, musste man sich auf Knien fortbewegen, während die Kinder gebückt laufen konnten.

Plötzlich blieb Klaas abrupt stehen. Von Weitem sah er zwei Tierpfleger. Oder waren es Nachtwächter? Oder Eindringlinge wie er? Jedenfalls waren es zwei Männer, die auf einer derjenigen Bänke, um die sich tagsüber die Eltern stritten, saßen und mit unendlich viel Geduld Zigaretten rauchten. Dabei unterhielten sie sich mit einer Lautstärke, als wären sie allein im Zoo, wovon sie mit Sicherheit und nicht ohne berechtigten Grund ausgingen. Einer von ihnen führte immer wieder eine Flasche zum Mund. Als sie ihm herunterfiel und er laut „Scheiße!" rief, lachte der andere. Dann zündeten sie sich erneut Zigaretten an. Die beiden hatten offensichtlich vor, die Nacht auf dieser Bank sitzend durchzumachen. Klaas trat endgültig den Rückzug an. Er schlich sich zurück und verließ den Zoo auf dem Weg, den er gekommen war. Immerhin, so sagte er sich, hatte er es versucht.

Klaas ging weiter zum Bahnhof Zoo und anschließend in Richtung Savignyplatz und stand bald vor dem Café Brel. Da sich das Gefühl leichter Trunkenheit nicht so recht einstellen wollte, gönnte er sich einen weiteren Schluck Whiskey. Im Café Brel, in dem er sich aufwärmen wollte, waren mehrere Tische frei. Er setzte sich an einen Tisch in unmittelbarer Nähe zum Klavier, an dem ein älterer Herr saß und Jazz spielte. Dann bestellte er einen Whiskey. Einen Doppelten, rief er dem Kellner hinterher. Keine zwei Minuten später stürzte er ihn auch schon herunter und blieb anschließend eine Weile sitzen. Irgendwann hatte er mit Xenia im Café Brel einen Wein trinken wollen, damals hatten sie allerdings keinen Platz gefunden. Neben ihm saß ein junges Paar in Partnerlook, das sich vermutlich nicht vorstellen konnte, jemals Kinder zu haben. Auf Klaas wirkten sie, als hätten sie ihr erstes Rendezvous und deshalb eine ganze Flasche Wein bestellt, die sie fast vollständig geleert hatten.

Klaas winkte den Kellner heran. Es war Zeit zu gehen und die Suche fortzusetzen. Doch als er wieder auf dem Savignyplatz stand, kam er sich zunächst unendlich verloren vor. Er schaute aufs Handy. Vielleicht hatte er es versehentlich auf stumm gestellt oder das Vibrieren nicht gespürt. Nein, niemand hatte ihn angerufen. Das hieß, dass Xenia noch unterwegs war. Sollte er, da er vergessen hatte, einen Zettel in die Wohnung zu legen, wenigstens auf den Anrufbeantworter sprechen? Ja, das hätte er längst tun sollen. Er wählte die Nummer, aber bevor es am anderen Ende der Leitung zu tuten begann, drückte er auf den roten Hörer. Er würde es mit Sicherheit nicht ertragen, Linus' Stimme zu hören, mit der die Anrufer begrüßt wurden. Und Xenia wusste, dass sie ihn auf dem Handy erreichen konnte...

Um irgendetwas zu tun, stieg er am Savignyplatz in die S-Bahn. Vielleicht waren die Kinder zuerst zu weit gefahren, waren am Savignyplatz ausgestiegen und in eine S-Bahn am gegenüberliegenden Gleis gesprungen, hatten es aber wegen der sich reindrängelnden Fußballfans am Bahnhof Zoo nicht rausgeschafft. Vielleicht hatte Meret dann zu heulen begonnen, und um sie zu beruhigen war Linus mit ihr erst am Bahnhof Friedrichstraße ausgestiegen und hatte sie zum Kulturkaufhaus Dussmann geschleppt, wo sie sich in der Spielecke des Kinderbuchbereichs die Zeit vertrieben und ihre Eltern vorübergehend schlicht vergessen hatten. Oder hatte er einfach gedacht: Mama und Papa, das sind schließlich Erwachsene, die machen sich nicht so schnell Sorgen und haben für alles eine Lösung!

Wie hätte er selbst als Siebenjähriger in einer solchen Situation gedacht und gehandelt? Und während des Gewitters waren sie geblieben. Als es vorbei war, sind sie wieder in die S-Bahn gestiegen und versehentlich in die falsche Richtung gefahren, also in Richtung Alexanderplatz. Und das wäre für Linus wie ein anderer Planet gewesen... Linus kannte sich für einen Siebenjährigen zwar wahnsinnig gut am Bahnhof Zoo aus, und die S-Bahnstationen Tiergarten und Bellevue bestanden eh nur aus einem Bahnsteig und zwei Gleisen. Aber die Station Friedrichstraße war im Vergleich dazu ein mehrstöckiger Irrgarten. Oben fuhren die S-Bahnen in Richtung Westen nach Charlottenburg oder gen Osten zum Alexanderplatz und weiter. Unten wiederum wurde die Nord-Süd-Achse bedient. Und eine U-Bahn-Linie und sogar Regionalzüge nach Cottbus gab es auch. Angenommen, er wäre versehentlich in einen solchen Zug gestiegen oder... STOPP!!!! Er musste aufhören, in solchen Szenarien zu denken. Er musste endlich mit jemandem reden. Mit jemandem, der ihm zuhörte. Sonst würde er sich in immer wüster werdenden Gedanken verlieren. Er glaubte, die Redensart ‚sich die Sorgen von der Seele zu reden' noch nie verwendet zu haben. Aber genau das war es, wonach er sich geradezu sehnte. Klaas setzte sich zu einem jungen Paar auf einen Vierer, das gemeinsam auf ein Handy starrte. Den Impuls, die beiden sofort anzusprechen, konnte er nicht unterdrücken.

„Meine Kinder sind verschwunden. Heute Morgen war noch alles gut..."

„Komm, das ist ein Spinner", murmelte der junge Mann im Studentenalter, steckte das Handy ein und zog seine Freundin weg.

Klaas zuckte die Achseln. Am Bahnhof Zoo setzte sich ein älteres Paar zu ihm. Mann und Frau sahen aus, als seien sie irgendwo auf dem Ku'damm im Theater oder Kino gewesen und hätten sich dafür schick angezogen.

„Heute sind meine Kinder verschwunden und...", begann Klaas.

„Das ist ja schrecklich", sagte die Frau und holte aus ihrer Handtasche ein Buch, während der Mann aus dem Fenster schaute.

„Ja, das ist schrecklich. Und wissen Sie was..."

„Nein, und wir wollen es auch nicht wissen", sagte der Mann.

„Ich ... ich ... meine Kinder sind verschwunden... Warum hört mir denn niemand zu? Schauen Sie..."

Er nahm sein Handy und zeigte der Frau ein Foto von Linus und Meret. Die Frau warf einen Blick aufs Display, nickte und sagte: „Ja, das ist schrecklich."

„Komm Schatz, Tiergarten, wir müssen aussteigen."

„Tiergarten ... genau hier hat es begonnen. Hier ... habe ich..."

„Müssen Sie etwa auch hier aussteigen?", fragte der Mann und schaute ihn an wie ein Lehrer, der einen Schüler mit einem Spickzettel erwischt.

Klaas schüttelte den Kopf. Würden die Kinder nicht wieder auftauchen, dann würde er nie wieder an dieser Station ein- oder aussteigen. Beide erhoben sich, als hätten sie es eilig, sprangen für ihr Alter durchaus sportlich aus der S-Bahn und blieben auf dem Bahnsteig stehen. An ungefähr der Stelle, wo Klaas die vielleicht folgenschwerste Entscheidung seines Lebens getroffen hatte. Er begann zu weinen.

„Meine Kinder sind weg, verdammt noch mal, warum hört mir denn niemand zu!", brüllte er.

Einige schauten ihn an, wie sie vermutlich auch jemanden anschauten, der erzählte, er habe AIDS, sei deshalb obdachlos und bitte um einen Euro für eine Mahlzeit. Und er verstand sie...

Sie hielten ihn für einen Irren, aber er war nicht irre. Er würde es aber bald werden... Jetzt fuhr die S-Bahn in der Station Bellevue ein. Ob der Präsident ihm helfen könnte? Würde er sich überhaupt für seine Sorgen interessieren? Eine unübersichtliche Gruppe pubertierender, Spanisch sprechender Jungs und Mädchen, die von einem Erwachsenen begleitet wurde, stieg hier ein. Vielleicht hatten sie gerade die Siegessäule oder das Schloss Bellevue besichtigt und hofften jetzt, dass die Sightseeing-Tour endlich zu Ende war und sie die Nacht in irgendwelchen Clubs verbringen dürften. Sie blickten in seine Richtung – er heulte noch immer. Ein Mädchen lachte, zeigte auf ihn und begann zu filmen. Daraufhin wies sie der erwachsene Begleiter zurecht. Würden Linus und Meret jemals mit ihrer Klasse oder einem Kurs nach Madrid oder Barcelona fahren? Würden sie sich dann so verhalten wie diese Schülerin... Klaas wischte sich die Tränen aus dem Gesicht. Er musste raus aus dieser S-Bahn. Er musste an die frische Luft. Er musste weg von all diesen Menschen, denen es scheißegal war, dass seine Kinder verschwunden waren. Am Hackeschen Markt stieg er aus – er hatte gar nicht mitbekommen, dass die S-Bahn nach Bellevue am Hauptbahnhof und Friedrichstraße gehalten hatte.

Klaas nahm sich vor, über die Oranienburger Straße in Richtung Hauptbahnhof zu gehen. Dann war er praktisch schon an der Spree und würde am Ufer entlang zum Büchereck spazieren. Ja, spazieren würde er. Denn eilig hatte er es im Grunde genommen nicht. Oder sollte er sich in eine Kneipe setzen und noch was trinken?

Ein halbes Dutzend junger Männer, von denen einer ein Affenkostüm trug, verhandelte grölend mit zwei Prostituierten. Sie trugen hier alle ein ähnliches Outfit: hohe Stiefel, Leggins, Bauchtasche, knallenges, einem Badeanzug ähnelndes Oberteil, darüber eine Daunenjacke in knalliger Farbe, natürlich mit offenem Reißverschluss, damit man sich einen ersten Eindruck von den Brüsten verschaffen konnte. Klaas hatte noch nie ein Problem mit solcher Art Großstadtphänomene gehabt. Und wenn er ehrlich zu sich selbst war, reizte es ihn, einmal in seinem Leben für Sex zu bezahlen. Eigentlich war dafür jetzt ein guter Zeitpunkt. Schließlich hatte er nichts mehr zu verlieren. Er hatte bereits alles verloren. Aber nein. Nach Sex war ihm nicht zumute. Und es erstaunte ihn auch nicht, dass er, der fast immer Lust hatte, sich gerade beim besten Willen nicht vorstellen konnte, mit wem auch immer zu schlafen. Selbst dann nicht, wenn er nicht viel zum Gelingen beitragen musste.

„Hey, willst du nicht mal mitkommen?“

Mit einer Geschwindigkeit, als müsste er sich gegen einen Angriff verteidigen, drehte er sich in die Richtung, aus der die Stimme gekommen war.

XENIAS NACHT: TEIL II (00:27 – 10:35)

Xenia glaubte zu schweben, als sie aus dem Taxi stieg. Sie bewegte sich zwar vorwärts, aber die einzelnen Schritte spürte sie nicht. Das Taxi hatte aus zehn Metern Entfernung keinerlei Ähnlichkeit mehr mit einem Auto, sondern eher mit einem bunten, länglichen Gegenstand. Es war so, als hätte die Welt, in der Xenia sich aufhielt, ein Kindergartenkind getuscht. Sie drehte sich wieder um, glitt über den Boden und stand, ehe sie sich versah, vor der angegebenen Adresse, einem vierstöckigen Altbau mit geöffneter Tür. Sie betrat das Treppenhaus und ging direkt in den Hof, wo sie orientierungslos stehen blieb. Die Flammen des Lagerfeuers, um das herum einige junge Männer und Frauen auf vereinzelt herumstehenden, zerschlissenen Ledersesseln saßen, brannte in ihren Augen.

„Setzen Sie sich doch“, sagte irgendeine menschliche Stimme.

Xenia spürte, dass sie am Arm zu einem der Sessel geführt wurde. Sie schaffte es sich zu bedanken, ließ sich in den Sessel fallen und schaute in den Himmel über Berlin. Beglückt stellte sie fest, dass sie trotz des Feuers und des üblichen Lichtdrecks, der wie eine gigantische Glocke über Berlin hing, Sterne sah. Oder glaubte sie bloß, Sterne zu sehen? Nachdem sie eine Zeit lang im Sessel gesessen und weder an Klaas noch an die Kinder gedacht hatte, stand sie auf, wankte zurück ins Treppenhaus und schleppte sich Stufe für Stufe in die erste Etage. Über einer Tür leuchteten die Buchstaben MPGO in aggressivem Rot. Ein Pulk junger Menschen, die aussahen, als studierten sie im ersten Semester an der Kunsthochschule, verließ gerade die Ausstellungsräume. Einer der Studenten war hochgewachsen wie ein Basketballspieler.

„Kommt, noch ein letzter Blick auf dieses Monst...", rief er, drehte sich und brach, nachdem sein rechter Ellenbogen in einer schwer nachvollziehbaren Bewegung wie ein Faustschlag oberhalb von Xenias rechtem Ohr gekracht war, den Satz abrupt ab.

Die anderen schrien auf, als wären sie soeben Zeuge geworden, wie ein sechsjähriges Schulkind beim Herumrangeln vor eine einfahrende S-Bahn gestürzt war.

„Oh ... mein Gott ... geht es Ihnen gut?", stammelte der Riese und sah mit ängstlichem Blick auf Xenia herab.

„Es ist nichts", sagte Xenia, die lediglich gespürt hatte, dass ihr Kopf sich leicht geneigt hatte.

Ohne die Gruppe weiter zu beachten, betrat sie den Ausstellungsraum. Das Erste, was Xenia sah, war eine etwa drei Meter hohe Skulptur mit einem halben Meter Durchmesser in grellem Rosa, die sich im oberen Drittel neigte. Das Material war nicht identifizierbar, und dass es sich dabei um einen erigierten Penis handelte, erkannte sie erst auf den zweiten Blick. Um den Penis herum standen mehrere Personen. Frauen, die anerkennend nickten. Frauen, die sich die Hand vor den offenen Mund hielten und entsetzt taten oder waren. Frauen, die eine Skizze anfertigten. Männer, die ratlos in die Höhe starrten. Männer, die lachten. Männer, die sich ängstlich umschauten, als stellte der Riesenpenis für sie eine existentielle Bedrohung dar. Xenia tat nichts dergleichen. Sie ging weiter und war froh, in einem

Raum zu landen, in dem Ölgemälde hingen. Irgendjemand hatte mit hellen Farben einen Zyklus aus zwölf Penissen gemalt. Genauer gesagt handelte es sich um ein und denselben Penis, der auf dem ersten Gemälde schlaff war und wuchs und wuchs, bis er auf dem achten Bild aufrecht stand. Auf dem neunten Gemälde schoss eine Ladung Sperma aus der Spitze des Penis', der auf den letzten Gemälden wieder zu einem belanglosen Etwas zusammenschrumpfte.

An einem Stehtisch stand ein vollkommen betrunkener Mann, der allen, die es hören wollten, und auch allen, die es nicht hören wollten, erzählte, dass er Modell gestanden habe. Xenia ging mit einem Lächeln auf dem Gesicht in den nächsten Raum. Sie kam sich vor, als wäre sie genau dort, wo sie hingehörte.

Sie blieb in der Mitte des Raumes stehen und drehte sich langsam im Kreis. An den Wänden hingen Hunderte von Penissen, als handelte es sich dabei um Hirschgeweihe, die ein Fürst in seinem Schloss in einen extra dafür hergerichteten Saal gehängt hatte. Dieses Mal schien es sich um Geschlechtsorgane im Maßstab eins zu eins zu handeln. Es gab zwergwüchsige, verformte, beschnittene, dünne, puckähnliche und rüsselartige Exemplare und wenn man nicht genau hinschaute, hätte man meinen können, die gesamte Wand sei ein großformatiges Schlachtengemälde. Sobald man sich wiederum näherte und seine ganze Aufmerksamkeit einem einzigen Objekt widmete, stellte man fest, mit welcher Genauigkeit die Künstlerin zu Werk gegangen war. Dass es sich um eine Künstler*in* handelte, entnahm Xenia einem im Raum ausliegenden Flyer über die Künstlerin Charlotte R. Das Kürzel MPGO stand für „Männliches Primärgeschlechtsorgan“, was Xenia nicht besonders kreativ fand. Charlus R., der Zwillingsbruder von Charlotte

R., stellte unter dem Titel WPGO in der zweiten Etage aus, wo die Besucher analog zur ersten Etage von einer Riesenvagina begrüßt wurden. Xenia taumelte benommen durch die Räume, in denen Bilder hingen, deren Motive ihren eigenen verblüffend ähnelten.

Xenia schloss ihren Rundgang an der Bar ab. Dort trank sie einen Whiskey, ließ sich von einigen Männern angaffen und wechselte das Stockwerk. Im dritten Stock spielte eine Band unheimlich klingende Musik. Musik, wie sie Xenia noch nie gehört hatte. Eine Mischung aus düsterem Sprechgesang und dunklen Klängen eines modernen Requiems. Musik, die die Hörer in einen dämmerartigen Zustand versetzte. In den Ecken der Räume standen menschengroße Metallskulpturen, die wie Wesen aus einer anderen Welt aussahen und zu Kerzenständern umfunktioniert waren. Die baumdicken Kerzen waren die einzige Lichtquelle im Raum.

Xenia war in einer anderen Welt gelandet. Sie hatte das Gefühl, dass mitten im *Tohuwabohu* ihr Leben langsam wieder geordnet wurde. Ohne dass sie sich dazu hätte überwinden müssen, begann sie, wie in Zeitlupe zu den noch nie gehörten Klängen zu tanzen. Ein junger Mann, höchstens fünfundzwanzig, vielleicht auch erst zwanzig Jahre alt, stand an die Wand gelehnt und beobachtete sie von einigen Metern Entfernung. Plötzlich weiteten sich seine Augen und nun sah er sie an, als sei er bereit, für sie alles stehen und liegen zu lassen, nur um sie küssen zu dürfen. Er nickte einmal wie um sich Mut zu machen, und schon stand er neben ihr. Er sagte ein Wort, das Xenia erneut bewies, dass sie dort war, wo man auf sie gewartet hatte. Das Wort lautete: „Xenia!"

Ja, das war sie. Mit XENIA hatte sie ihre eigenen Werke signiert. An einem Ort, an dem solche Ausstellungen gezeigt wurden, da kannte man die Künstlerin, die sie mal gewesen war. Die Mutter gleichen Namens, die mehr so nebenbei an der Seite ihres Mannes in einem Buchladen arbeitete, kannte hier niemand. Und das war auch gut so. Mehr noch: Es war das Beste, was ihr hatte passieren können. Der Mann lief zu Xenias Erstaunen weg, als hätte ihn jemand gerufen. Wenige Minuten später kam er mit einer Frau ähnlichen Alters zurück. Aufgeregt zeigte er auf Xenia und die Frau strahlte wie ein Mädchen, das zu Hause in ihrem Kinderzimmer einen Bravo-Starschnitt von Robbie Williams hängen hat und ihm in einer Disko begegnet.

„Dürfen wir Sie einladen?", brüllte der Mann ihr ins Ohr.

Xenia zuckte die Achseln. Dann nickte sie. Als sie an der Bar standen, stießen sie auf Xenias Wunsch mit Whiskey an. Worauf, sollte Xenia erst erfahren, nachdem sie ihre Gläser ausgetrunken hatten.

„Wir... wir sind die Künstler! Und wir wussten nicht, ob wir Sie einladen sollten oder nicht. Vor ein paar Jahren hat ja mal in *Kunst heute* gestanden, dass Sie sich offensichtlich zurückgezogen haben und nun in einer Buchhandlung mitarbeiten würden, und...", sagte der Mann mit kindlich aufgeregter Stimme.

Xenia unterbrach ihn. Nicht, indem sie etwas sagte, sondern indem sie zu lachen begann. Denn sie hatte niemandem etwas von ihrem Entschluss erzählt, sondern lediglich auf Facebook und ihrer Homepage eine nüchterne Notiz gepostet. Und trotzdem hatte ein Artikel über sie in irgendeiner Zeitung gestanden. Vielleicht hatte sie nie zuvor begriffen, dass das, was dieser auf so verstörende Art faszinierende Theodor ihr damals prophezeit hatte, alles andere als der branchenübliche Schleim gewesen war.

„Und wie Sie vermutlich erkannt haben, waren Sie unser Vorbild. Und Sie sind es immer noch. Ihre Zyklen gehören zum

Erstaunlichsten, was überhaupt je gemalt worden ist", sagte der Mann, dessen Stimme sich vor Begeisterung überschlug.

„Nun mal halblang..."

„Nein, mein Bruder hat recht. Als ich vor Jahren Ihre Ausstellung gesehen habe, da habe ich gespürt, dass sich mein gesamtes Kunstverständnis verändern würde", sagte die Schwester.

Xenia entschloss sich, die überschwängliche Verehrung, die ihr so unerwartet zuteilwurde, bewusst zu genießen. Ob sie ein Autogramm haben dürfe, fragte Charlotte. Xenia lächelte, nahm den ihr gereichten Stift und signierte zwei Postkarten mit Motiven der Ausstellung. In diesem Moment gesellte sich ein weiterer, älterer Mann hinzu. Er blickte Xenia mit dem Selbstbewusstsein eines Mannes an, der jedes Ziel, das er anvisiert, erreicht und der es daher gewohnt ist, dass ihm sein Umfeld behandelt wie loyale Untertanen einen König. Es war der Mann, an den Xenia im Verlauf der zurückliegenden zehn Minuten äußerst intensiv gedacht hatte: Theodor der Dritte stand vor ihr. Sie konnte es kaum glauben. Ausgerechnet in dieser Nacht... Er schien Xenias Körper abzuscannen, verweilte einen Moment lang auf Höhe ihrer Brüste, und spätestens in diesem Augenblick bekam Xenia eine leise Ahnung vom möglichen Verlauf der Nacht. Dass sie ihn nicht nur als Künstlerin, sondern auch als Frau überzeugte, hatte sie schon damals gespürt. Und sein Blick bewies, dass sich daran nichts geändert hatte. Er nickte Charlotte und Charlus zu. Genaugenommen war es nur der Ansatz eines Nickens. Sie verstanden und entfernten sich wortlos wie Bodyguards, die ein bestimmtes Zeichen bekommen hatten und darauf programmiert waren zu gehorchen.

„Xenia, ich habe immer gewusst, dass sich unsere Wege wieder kreuzen würden", sagte er und machte eine bedeutungsvolle Pause.

„Wie geht es Ihnen?"

Vielleicht war der Moment gekommen, irgendjemandem zu erzählen, wie es ihr ging.

„Haben Sie Zeit?"

Anstatt zu antworten, betrachtete er sie. Xenia wartete. Sie konnte und wollte sich gar nicht gegen das herrliche Gefühl wehren, auf einen Mann derart zu wirken. Dass dieser Mann nicht ein unbedeutender Irgendjemand war, der sich ins *Tohuwabohu* verlaufen hatte, sondern ein Star in der Berliner Galeristenszene, verwandelte das herrliche Gefühl in einen Glücksrausch, der Xenia nach all den zurückliegenden Katastrophen auf wohltuende Weise durchströmte. Die Musik klang inzwischen, als käme sie aus weiter Ferne.

„Für Sie immer. Was wollen Sie trinken?", fragte er schließlich.

„Whiskey."

„Whiskey?"

„Ja, Whiskey. Es gibt Tage für Rotwein und es gibt Tage für Whiskey."

„Okay, warum nicht. Warten Sie."

Theodor ging zur Bar und führte sie anschließend zu einem Sofa. Wann hatte sie eigentlich vor diesem Tag zum letzten Mal Whiskey getrunken? Und wie viel hatte sie an jenem Abend bereits getrunken? Sie hatte keine Ahnung. Aber da sie sich noch immer fühlte, als hätte jemand ihre Sorgen und Schmerzen durch einen ihr unbekannten Zauber verschwinden lassen, schienen ihr weder die Tabletten noch der Whiskey geschadet zu haben. Eine Welle hatte sie mitgerissen, und auf dieser Welle wollte sie reiten, so lange es ging.

Xenia und Theodor saßen nebeneinander auf dem Sofa, und während sie erzählte und erzählte, nickte Theodor unablässig. Mal mit betroffener, mal mit fürsorglicher Miene. Nach einiger

Zeit brachen sie auf. Xenia hatte keine Ahnung, wie spät es war. Sie hatte jegliches Gefühl für Zeit verloren.

Theodor wohnte in einer palastartigen Maisonette-Wohnung. Von einer Seite seiner Dachterrasse aus konnte er seinen Gästen einen exklusiven Blick auf den Tiergarten und auf das Brandenburger Tor bieten. Auf der anderen Seite schien ihm der Potsdamer Platz geradezu zu Füßen zu liegen.

„Wahnsinnsblick“, sagte Xenia, obwohl sie nicht sonderlich beeindruckt war.

Mit viel Geld konnte man sich eine solche Wohnung halt kaufen. Dass er ein Mann war, der alle Frauen zwischen sechsundzwanzig und sechsundsechzig haben konnte und die Party mit und wegen ihr verlassen hatte, das wiederum beeindruckte sie nicht nur, das schmeichelte ihr.

„Komm, lass uns in den Salon gehen.“

Der ‚Salon‘ war ein Wohnzimmer, in dem eine Sofagarnitur aus dunkelrotem Leder und ein gläserner Wohnzimmertisch standen, die eingerahmt waren von tiefschwarzen Tapeten. Das Schwarz wurde an einer Wand ersetzt durch eine Designer-Regalwand, die mit Kunstbänden und Katalogen vollgestellt war. An den anderen Wänden hingen vier Gemälde in schwarzweiß, die einen Zyklus mit dem Titel *Die Welt nach der Apokalypse* zeigten.

„Die freundlicheren Gemälde hängen im Schlafgemach und in der Bibliothek“, sagte Theodor.

Schlafgemach.

Er hatte tatsächlich ‚Schlafgemach‘ gesagt. Ob sie Lust habe, einen Rundgang zu machen, fragte er. Xenia schüttelte den

Kopf und fragte, ob sie mal telefonieren dürfe. Theodor warf einen erstaunten Blick auf seine Armbanduhr, die vermutlich teurer war als die Jahresmiete für ihre Vierzimmerwohnung in Moabit.

„Natürlich ... nur zu. In der ersten Etage in der Küche ist es am ruhigsten", sagte er.

„Ich ... mein Handy ... ich habe es verloren, befürchte ich."

Theodor entsperrte daraufhin sein Handy und reichte es ihr. Sie nickte, entschuldigte sich und ging die Treppe hinunter. Die ganze Situation erregte sie auf heftigste und zugleich beängstigende Weise. Am liebsten hätte sie Theodor schon auf der Dachterrasse einfach geküsst. Es war verrückt. Aber nach all dem Kummer, nach all den Strapazen, nach all den Tränen, die sie vergossen, und nach all den Hässlichkeiten, die sie mit Klaas ausgetauscht hatte, verspürte sie den Drang, zu berühren und berührt zu werden. Und der Gedanke, etwas Verbotenes, etwas zutiefst Unmoralisches zu tun, hemmte sie nicht, sondern steigerte ihre Lust. Aber ihr Restverstand sagte ihr, dass die Nacht irgendwann vorbei sein würde. Er sagte ihr auch, dass sie gemeinsam klären müssten, ob ihre Beziehung zu retten war. Und sollte ausgerechnet in den letzten Stunden etwas geschehen sein, was sie wissen sollte, so wollte sie Klaas die Chance geben, es ihr zu sagen. Es ihr *davor* zu sagen. Vielleicht würde Klaas sich auch entschuldigen. In diesem Fall würde sie ein Taxi nehmen und nach Hause fahren.

Xenia setzte sich in der großzügig ausgestatteten Wohnküche auf einen Stuhl an einen Tisch, um den herum acht Personen Platz gefunden hätten. Sie rief zuerst zu Hause an. Der Anrufbeantworter ging ran, und Linus' Stimme, die sagte, dass die Familie nicht da sei und sein weiteres, heiteres Bla Bla Bla zerrissen ihr das Herz. Sie sprach nichts aufs Band. Was hätte sie auch sagen sollen? Mit zittriger Hand wählte sie Klaas' Handynummer. Es tutete mehrere Male. Dann knackte es, und sie vergaß Theodor für einen Augenblick.

„Schatz", flüsterte sie und hatte das Gefühl, viel zu erleichtert und zärtlich geklungen zu haben.

Nichts.

„Schatz ... Klaas?", sagte sie, dieses Mal mit lauter, klarer Stimme.

„Ey ... ich werde gerade angerufen ... irgendeine Frau..."

Das war definitiv nicht Klaas' Stimme. Im Hintergrund hörte sie Gegröle. Irgendwelche Jungs. Sie musste die falsche Nummer gewählt haben. Aber eigentlich war das nicht schlimm, denn fest stand: Klaas war nicht zu Hause. Er hätte in einer solchen Nacht den Hörer abgenommen. Und sollte er doch zu Hause sein und *nicht* abgehoben haben, dann wäre er hoffnungslos betrunken, die Kinder wären nicht da und er würde wahrscheinlich auf eine Nacht zurückblicken, in der er all seine Sorgen weggevögelt hatte. Xenia lachte einmal laut auf. Es war, als hätte ihr jemand grünes Licht gegeben. Nach einem kurzen Rückfall war sie entschlossener denn je.

Theodor hatte den Kamin angemacht und in zwei Gläser großzügig Whiskey eingeschenkt. Das war Xenia, die Theodor andernfalls darum gebeten hätte, mehr als Recht. Die Methode (romantische Stimmung plus ausreichend Alkohol) war billig, aber Xenia fiel dennoch gern darauf herein. Und es war ja nicht so, dass bis dahin irgendetwas gegen ihren Willen geschehen war. Das Gegenteil war der Fall. Seitdem sie die Tabletten geschluckt hatte, machte sie, was sie wollte und dachte dabei ausschließlich an sich selbst. Hatte sie das überhaupt jemals in ihrem Leben getan? Nein. Sie trank den Whiskey auf ex, zog ihre Jacke und Bluse aus, legte sich, als wäre es das Selbstverständlichste der Welt, bäuchlings aufs Sofa und sagte: „Hey ... Theodor ... wir sind längst aus der Pubertät raus. Lass uns nicht so tun, als wüssten wir nicht, was wir voneinander erwarten. Du willst mit mir schlafen, und ich will mit dir schlafen. Aber vorher will ich hier liegen und mich einfach verwöhnen lassen."

Genau das war es, was sie wollte. Eine halbe Stunde zuvor hatte sie noch ausschließlich Lust auf Sex gehabt. Sie hätte nichts dagegen gehabt, hätte Theodor ihr die Strumpfhose mitsamt Slip einfach runtergerissen, ihr den Rock hochgeschoben und sie anschließend ohne Kondom auf dem Sofa gefickt, bis er nicht mehr konnte. Sie war schon derart erregt gewesen, dass ein Vorspiel eh nicht nötig gewesen wäre. Nun wollte sie sich vor allem verwöhnen lassen. Sich hinlegen, nichts tun und dabei gestreichelt und gekrault werden. Ja, das war's, was sie wollte. Wenn er ein halbwegs funktionierender Mann war, dann würde er spätestens eine Erektion bekommen (wenn er nicht schon längst eine hatte), sobald er ihr den BH öffnete (was er gern tun durfte), und sobald er eine Erektion hätte, würde er bloß noch ans Vögeln denken. Und das sollte er dann auch dürfen. Aber erst, nachdem er das, was sie wollte, getan hatte. Klaas war noch nie auf die Idee gekommen so zu tun, als ob es nicht genau so wäre. Aber an Klaas denken wollte sie eigentlich nicht. Daher war es gut, dass Theodor zu sprechen begann. Nur war das, was er sagte, nicht das, was sie hören wollte. Denn er log und bog sich die Welt so zurecht, als würde er beabsichtigen, eine Frau zu verführen, die in ihrer Freizeit Arztromane las.

„Ach Xenia ... darum geht es mir doch gar nicht. Es gibt bestimmt viele Männer, die haben kein anderes Interesse als Frauen reihenweise flachzulegen...", sagte er mit einem Tonfall, der vermutlich sanft klingen sollte und so gar nicht zu seinem souveränen Auftritt, den er bis dahin hingelegt hatte, passte.

Er lachte, als wenn er für solche Männer nur Verachtung übrig hätte, und es wurde noch schlimmer.

„Ich bin da anders. Wenn du willst, dass ich dir die ganze Nacht den Rücken kraule, dann mache ich es, weil ich dich als Frau respektiere und..."

Usw.

Sie hörte nicht hin, sondern ließ sich massieren. Vom Nacken aus ließ Theodor eine Hand nach oben wandern. Seine Fingerkuppen glitten durchs Haar und verursachten ein Kribbeln, das Xenia am ganzen Körper zucken ließ. Dann untersuchten die Fingerkuppen mit professioneller Genauigkeit eine Stelle oberhalb ihres Ohres.

„Was ... hat ... hat dein Mann dich geschlagen?"

„Ja, aber..."

„Mein Gott, den musst du anzeigen."

„Gar nichts muss ich. Ich..."

„Du hast hier eine ... eine..."

Er wirkte so, als suchte er das medizinische Fachwort.

„...eine Schwellung ... ein Hämatom gewaltigen Ausmaßes, und..."

„Ach das. Ja, da hat mich so ein Student mit seinem Ellbogen getroffen..."

„Eben hast du gesagt, dein Mann hätte dich geschlagen."

„Ja, er hat mir eine Ohrfeige gegeben, aber ich..."

„Ich habe noch nie eine Frau geschlagen. Ich werde es auch nie tun."

„Ich habe ihn zuerst geschlagen, dann hat er halt zurückgeschlagen, das war mehr so im Affekt."

„Na dann", sagte Theodor.

Xenia spürte, wie er mit dem Daumen und dem Zeigefinger seiner rechten Hand den BH zu öffnen versuchte. Das war nicht einfach. Klaas hatte noch immer seine Probleme damit. Für Theodor schien es allerdings Routine zu sein. Der BH schnappte geradezu auf. Nun massierte er sie, indem er seine Handflächen so über den Rücken kreisen ließ, dass die Fingerspitzen seiner Hände bei jeder kreisenden Bewegung den Ansatz ihrer Brüste berührten. Das Hämatom schien ihn nicht mehr zu interessieren. Stattdessen versuchte er sie umzudrehen. Xenia ließ es geschehen. Der BH bedeckte noch immer ihre Brüste. Allerdings lag er nur auf ihren Brüsten. Man hätte ihn vermutlich wegpusten können.

„Wie war das noch gleich? Du würdest mich auch die ganze Nacht massieren?“, fragte sie.

„Ja, klar ... aber ... nachdem ich nun gehört habe, dass dein Mann dich geschlagen hat ... da denke ich, dass du mehr brauchst als eine Massage. Hey, ich befreie dich mal davon“, sagte er, nahm den BH und warf ihn dorthin, wo auch Xenias Jacke und Bluse lagen.

Er begann ihre Brüste zu streicheln und küsste anschließend erst die eine, dann die andere Brustwarze. Ihre Brustwarzen gehörten zu ihren empfindlichsten Körperstellen. Manchmal erregte es sie, wenn Klaas seine Zunge um die Spitzen kreisen ließ, manchmal fühlte es sich an, als scheuere er mit Sandpapier an ihnen herum. In solchen Fällen sagte sie einfach „nicht“ und Klaas orientierte sich woandershin. Schon bevor Theodor sie geküsst hatte, hatte Xenia gewusst, dass sie für solche Reize in jener Nacht mehr als nur empfänglich war. Doch plötzlich hatte sie das Gefühl, dass ein fremdes Wesen an ihr herumsaugen und dabei sabbern würde. So sehr sie sich nach Berührung und Sex gesehnt hatte, so sehr ekelte sie sich jetzt vor Theodor. Denn ihrer Meinung nach gab es nur eine Person auf der Welt, die mit Klaas so scharf ins Gericht gehen durfte: sie selbst! Niemand sonst hatte das Recht, ihm derartige Vorwürfe zu machen. Und derjenige, der es trotzdem wagte, durfte sie nicht nur nicht berühren, sondern sollte ihre Nähe lieber meiden. Im selben Moment, in dem ihr Geist erwachte und sich wehrte, erwachte auch ihr Körper aus dem Zustand der Betäubung: Dort, wo sie der Ellbogen getroffen hatte, brannte es, als wäre ihr ein Stück Kopfhaut abgerissen worden. Es war so, als hätten die Tabletten von einem Moment auf den anderen aufgehört zu wirken.

Inzwischen saugte Theodor an ihrer linken Brustwarze. Mit einer Hand gelang es ihm, Strumpfhose und Slip bis in die Kniekehlen zu ziehen und trotzdem seine Zunge weiter Bahnen um ihre Brustwarze fahren zu lassen. Xenia spürte, dass sie feucht war. Sie wollte aber nicht mehr, dass er es spürte. Inzwischen bewegte sich Theodors Hand auf der Innenseite des nackten Oberschenkels nach oben.

„Genieße es ... dein Mann ist schließlich schuld ... schuld daran, dass deine Kinder weg sind... und dann schlägt er dich noch. Deshalb genieße es jetzt einfach", sprach er mit der Stimme eines Hypnotiseurs, der sein Opfer gefügig machen möchte.

Die Kinder. Die Kinder waren weg ... verschollen ... und was machte sie? Was ließ sie mit sich machen? Aber damit war jetzt Schluss. Sie drückte seinen Kopf weg und legte anschließend ihre Hand auf seine Hand, die sich nur noch wenige Zentimeter vom Ziel entfernt befand.

„Schuld ... ich meine, was ist das genau, Schuld? Schuld hat doch auch etwas mit Absicht zu tun", sagte sie.

„Es war doch seine Absicht gewesen, sie in die S-Bahn zu schicken."

„Ja, schon, aber die Störung im Betriebsablauf hat er ja nicht eingeplant, und seine Absicht war es ja, den Kindern ein kleines Abenteuer zu bescheren."

„Aber geschlagen hat er dich trotzdem."

„Ja. Und nein. Ich meine, du warst ja nicht dabei ... ich habe ihn ja auch geschlagen."

„Vergiss es doch einfach. Du hast einen schweren Tag hinter dir. Wegen deines Mannes, der einen schweren Fehler gemacht hat, und jetzt entspann dich einfach."

Ehe Xenia reagieren konnte, hatte er seine Hand weggezogen. Nun bewegte sich die Hand dort, wo es noch immer feucht war, behutsam auf- und ab. Sie schlug die Hand weg.

„Hey: Stopp!"

„Ach, was für Laute kommen denn da aus deinem süßen Mund... Ich spüre doch, dass es dir gefällt...", sagte er und drückte seine Lippen auf ihre.

Wie ein Aal schlängelte sich seine Zunge in ihren Mundraum. Ihr Herz raste inzwischen. Sie glaubte regelrecht zu spüren, wie das Adrenalin durch ihren Körper schoss. Und plötzlich waren sie wieder da, die Kräfte, die ihr vor der ersten Schwangerschaft manch einen Erfolg im Triathlon beschert hatten. Wenn Theodor sich mit Gewalt holen wollte, was Xenia nicht mehr freiwillig zu geben bereit war, würde er sich noch lange daran zurückerinnern. Xenia griff ihm mit beiden Händen in die Haare oberhalb seiner Ohren und drückte seinen Kopf ruckartig nach hinten. Theodor schrie auf und ließ von Xenia ab, die ihre Strumpfhose mitsamt Slip hochzog, aufsprang und mit einem Handgriff Bluse, Jacke und BH packte.

„Stopp habe ich gesagt! Und wenn ich das sage, meine ich das auch!"

Sie hatte es ihm ins Gesicht gebrüllt. Benommen saß er auf dem Sofa und schaute auf den Boden, als könne er es nicht ertragen, zum zweiten Mal von Xenia abgewiesen worden zu sein. Er sah nicht aus, als ginge eine Gefahr von ihm aus. Eher sah er aus, als hielte er Xenias Zorn für so gefährlich, dass er es vorzog, sich nicht zu regen. Xenia zog sich an und eilte, ohne ihn eines weiteren Blickes zu würdigen, die Treppe herunter. Kaum hatte sie das Haus verlassen, hörte sie Schritte hinter sich. Sie drehte sich um und nahm, als sie Theodor sah, dessen Haar von ihrer Attacke zerzaust war, eine seitliche Abwehrhaltung ein. Theodor blieb abrupt stehen. Er schaute sie an. Sein Blick hatte nichts mehr Verführerisches.

„Xenia ... deine Bilder...", begann er.

Xenia wollte gerade anfangen zu lachen. Es wäre das Billigste, ihr jetzt zu sagen, dass ihre Bilder nichts taugten und sie als Künstlerin überschätzt gewesen sei. Doch Theodor sagte etwas, was ihm ein wenig Würde zurückgab.

„Deine Bilder werde ich immer großartig finden. Wenn du in Zukunft einen großen Bogen um mich machst, verstehe ich das. Wenn du dich aber entscheiden solltest, weiterhin nicht zu malen ... das werde ich nicht verstehen."

Er machte eine Pause. Sie standen sich wie zum Duell gegenüber.

„Melde dich, wenn du wieder malen solltest", sagte er schließlich und sah aus, als erwarte er eine Reaktion.

Als diese ausblieb, drehte er sich wie in Zeitlupe um und ging in leicht gebeugter Haltung zurück, von wo er gekommen war. Xenia drehte sich ebenfalls um, entfernte sich mit zügigen Schritten und hielt das erste Taxi an, das an ihr vorbeifuhr, und setzte sich auf die Rückbank.

„Nach Hause", antwortete sie auf die Frage, wohin es gehen solle. Erst als der Fahrer sich zu ihr drehte und sie mit irritiertem Blick ansah, nannte sie die Adresse.

Als sie wieder in der Wohnung war, rief sie als Erstes nach Klaas. Er war nicht da. Als Zweites rief sie ihn an. Wieder nahm er nicht ab, und dieses Mal war sie sich sicher, die richtige Nummer gewählt zu haben. Vielleicht war er vollkommen betrunken, lag mit irgendeiner Frau im Bett und vergnügte sich. Um zu vergessen. Und wenn dem so sein sollte, dann war er lediglich genauso schwach wie sie. Auch sie hatte alles Mögliche getan, um zu vergessen. War sie fremdgegangen? Ja, schon. Sie hatte sich die Bluse ausgezogen und einen Mann gebeten, sie zu massieren, und sie hatte zugelassen, dass ihr derselbe Mann an den Brüsten gesaugt hatte. Erst dann hatte sie diesem Mann, der viel mehr gewollt hatte, Einhalt geboten. Aber war es eigentlich von Bedeutung, ob irgendeiner von ihnen an einem Tag, an dem sie sich in einem dauerhaften Ausnahmezustand befunden hatten, fremdgegangen war? Nein. Es war von geradezu belangloser Nichtigkeit. Denn die Fehler waren vorher begangen worden: Sie hatten es nicht geschafft, die Bereitschaft aufzubringen, diese härteste aller vorstellbaren Krisen gemeinsam durchzustehen. Würden sie nun wenigstens die Bereitschaft aufbringen, dem anderen zu verzeihen? Auch den schlimmsten Fehler?

Die Kinder. Linus. Meret. Wie ging es ihnen in jenem Augenblick? Lebten sie noch? Wo befanden sie sich? Hatte sie etwa einige Stunden lang kaum an sie gedacht? Xenia wankte weinend ins Kinderschlafzimmer. Sie schaltete das Licht ein. Die Betten waren leer. Auch im Ehebett lag niemand.

Waren die Kinder wenigstens zusammen? Wenn ja, dann würde Linus auf Meret aufpassen. Auf seine kleine Schwester, die er so leidenschaftlich hassen konnte, die er aber doch eigentlich mehr liebte als Vater und Mutter zusammen. Und Meret … sie ließ keine Chance aus, Linus zu ärgern. Sie war vier Jahre alt und wusste ganz genau, wie sie Linus derart provozieren konnte, dass er heulend zu seinen Eltern rannte. Aber eigentlich war Linus derjenige, dem sie am liebsten folgte. Derjenige, mit dem sie sich ins kalte Wasser traute. Derjenige mit dem sie allein durch den Streichelzoo ging und die Schafe fütterte. Xenia konnte nicht in der Wohnung bleiben, wo sie alles, was sie sah, roch und berührte, an die Kinder oder Klaas erinnerte. Sie legte einen Zettel auf den Esstisch, auf dem stand:

Ich bin im Atelier. Bitte hole mich dort ab.

Xenia ging so, wie sie war, los. Zehn Minuten später betrat sie das Atelier, das, wie sie auf dem ersten Blick erkannte, aufgeräumt war. In der Ecke standen einige Leinwände sorgfältig an die Wand gelehnt. Auf der vordersten war die Bleistift-Skizze von Meret, die sie damals angefertigt hatte und die nur aus ein paar Strichen bestand. Die Kinder waren verschwunden und würden vielleicht nie wieder auftauchen. Klaas war ebenfalls verschwunden und vielleicht hatte er sich nach dem Verschwinden der Kinder für einen radikalen Neuanfang entschieden. Xenia hatte das beklemmende Gefühl, als bräche in jenem Moment die Stunde Null ihrer zweiten Lebenshälfte an. Anstatt sich aufs Sofa zu legen, tat sie das Einzige, was sie ihrer Ansicht nach besser konnte als die meisten anderen Menschen: Sie malte. Zunächst nahm sie die Leinwand mit der angefangenen Skizze und befestigte sie auf der Staffelei. Dann rollte sie ihr Malschränkchen mit allem Zubehör in die richtige Position und suchte einen passenden Pinsel. Sie feuchtete ihn an und ohne sich den Kittel umzuhängen oder zunächst mit dem Bleistift zu zeichnen, begann sie, indem sie schwarze Farbe direkt aus der Tube auf die Leinwand drückte. Das Bild sollte so schwarz wie ihre Gedanken werden. Mit wilden Pinselstrichen, die wie im Akkord auf der Leinwand landeten, skizzierte sie aus dem Kopf heraus Linus und Meret, wie sie einsam auf einer Bank saßen.

Die Angst, die ihre Gesichter verzerrte, und der Mann, der sich mit einem teuflischen Grinsen zu ihnen herunterbeugte, waren schon auf der Skizze deutlich zu erkennen. Plötzlich hielt Xenia inne. Wie elektrisiert starrte sie auf das begonnene Bild. Dann riss sie es von der Staffelei herunter, schleuderte es an die Wand, schrie dabei einmal laut auf und nahm eine weitere Leinwand. Sie reinigte ihren Pinsel und öffnete ein halbes Dutzend Tuben mit hellen Farben. Wieder malte sie, indem sie die Farben direkt auf die Leinwand drückte. Dieses Mal eine Geburtstagstorte mit acht Kerzen. Die Torte stand auf einem Tisch. Linus hob Meret hoch und pustete mit ihr gemeinsam die Kerzen aus. Beide Kinder waren nur schemenhaft dargestellt, aber ihre Gesichter leuchteten, ihre Lippen strahlten rot und ihre Augen blau. Als Xenia die Ölskizze beendet hatte, gaben ihre Knie nach. Sie sackte einfach zusammen. Der Pinsel fiel ihr aus der Hand und hinterließ auf dem Boden eine rote Spur. Es war, als hätte ihr jemand die Lebensenergie abgesaugt. In fötaler Stellung lag sie auf dem Boden und zitterte. Sie schaute zum Bild hoch, auf dem ihre Kinder wirkten, als hätten sie noch ein langes Leben vor sich, atmete stoßweise und weinte. Sie konnte sich nicht vorstellen, jemals wieder damit aufzuhören. Auf allen vieren kroch sie zum Sofa und irgendwie schaffte sie es, sich an der Lehne hochzuziehen und sich hinzulegen. Sie deckte sich mit der Wolldecke, die am Fußende lag, zu. Die Schwellung brannte noch immer. Aber das war ihr egal. Sie wollte ... sie wünschte...

Als es klingelte, schreckte sie hoch und schaute sich um. Ja, sie war im Atelier. Wie im Zeitraffer durchlebte sie alles, was in der Nacht und am Vortag geschehen war. Wieder klingelte es. Wer konnte das sein? Wahrscheinlich ein Zeitungsausträger. Nein. Eher war es die Putzfrau, die mit Sicherheit jedes Mal zuerst klingelte, bevor sie aufschloss. Welcher Tag war eigentlich?

Sonntag… Sonntag! Am Sonntag kamen weder irgendwelche Austräger noch die Putzfrau. Dann fiel ihr ein, dass sie Klaas eine Nachricht auf dem Tisch hinterlassen hatte. Die Hoffnung, dass Klaas den Zettel gelesen und sich sofort auf den Weg gemacht haben könnte, wurde binnen Sekunden zur Gewissheit. Sie sprang auf, als hätte es den Zusammenbruch Stunden zuvor nie gegeben. Mit wenigen Sätzen war sie an der Tür und riss sie auf. Als sie sah, wer alles vor der Tür stand, sank sie auf die Knie.

Und wieder weinte sie. Und dass sie es tat, lag nicht an Klaas' zerfetztem Gesicht.

KLAAS' NACHT: TEIL II (00:28 – 10:05)

„Ohh ... ich tue nichts. Das heißt, ich tue gern etwas, aber nichts Gefährliches. Und du siehst aus ... als sollte dich dringend jemand auf andere Gedanken bringen."

Ja, das stimmte. Die Prostituierte, die ihn angesprochen hatte, war eher klein und hatte blonde Locken, die ihr fast bis zur Hüfte reichten. Sie trug hohe Stiefel, rosa Leggins, ein hellblaues, hautenges Oberteil und darüber eine grüne Daunenjacke mit geöffnetem Reißverschluss. Auf Höhe ihrer Brüste, die in keinerlei Verhältnis zu ihrer Körpergröße standen, verweilte sein Blick.

„Wenn du mitkommst, darfst du sie auch mal anfassen", sagte sie.

Vielleicht hatte er doch einen Tick zu lange auf ihre Brüste gestarrt. Jetzt schaute er sie an und versuchte ihr Alter zu schätzen. Vielleicht war sie erst Anfang zwanzig, vielleicht schon dreißig, aber älter nicht. Würde wenigstens sie ihm zuhören, würde er sie darum bitten?

„Wohin soll ich denn mitkommen?", fragte er und drehte sich suchend um.

Er hatte sich schon immer gefragt, wohin die Frauen, die sich außerhalb der Bordelle auf der Straße anboten, mit den Freiern gingen. In ein Hotel in der Nähe? In einen Vollzugs-Wohnwagen?

In einen Häusereingang, wo es dann besonders schnell gehen musste?

„Eine Straße weiter haben wir eine Wohnung."

Damit hatte er eher nicht gerechnet.

„Wir?"

„Na ja, wir Sexarbeiterinnen teilen uns eine Wohnung."

„So so."

„Und, kommst du mit?"

„Was kostet es denn?"

„Das kommt drauf an, was du willst."

Davon hatte Klaas eine recht genaue Vorstellung.

„Ich will mich aufs Bett legen und dir von meinem Tag erzählen."

„Und dabei soll ich dir einen blasen oder runterholen? Ist das alles?"

„Ja. Beziehungsweise nein. Ich will sogar weniger. Nur erzählen."

„O-kay ... also dann komm doch mit, spendiere mir einen Sekt und für 80 Euro höre ich dir gern zu."

Ob das ein fairer Preis war, wusste er nicht. Was er wusste war, dass er genug Bargeld im Portemonnaie hatte. Zunächst war er es, der auf dem Weg zur „Wohnung" zuhörte. Denn die Sexarbeiterin, die sich mit dem Namen Jenny vorstellte – er selbst hieß für unbestimmte Zeit Kai –, erzählte von ihrem Dorf in Schleswig-Holstein, aus dem sie komme, von ihrem Hund und von ihrem Freund. Die Wohnung lag in einer Seitenstraße und war etwas zu verraucht. Sie führte ihn direkt durch einen Flur in ein etwas weniger verrauchtes Zimmer mit gedimmtem Licht, in dem nichts weiter als ein breites Bett, ein Nachttisch und ein Sessel standen. Er zog die Schuhe aus, legte sich, ohne zu fragen, aufs Bett und kaum hatte er zu erzählen begonnen, füllten sich seine Augen mit Tränen. Jenny, die im Sessel gesessen und dort ihren Sekt getrunken hatte, setzte sich ans Bett und streichelte ihm durchs Haar.

„Na komm schon“, sagte sie und legte sich neben ihn.

Sie drückte seinen Kopf an ihre Brust, und er weinte und weinte und weinte, und während er weinte, erzählte er vom Tag.

„Du musst jetzt nach Hause gehen“, sagte Jenny, als er fertig war.

Klaas nickte.

„Und mit deiner Frau reden.“

Wieder nickte er.

„Und du musst dich entschuldigen.“

Zum dritten Mal nickte er.

„Und glaube mir: Ich führe so ein verrücktes Leben und habe schon so viel durchgemacht. Vielleicht machen deine Kinder auch gerade etwas durch. Aber ihnen ist bestimmt nichts passiert.“

Dann sagten sie eine Weile nichts mehr. Bevor er aufbrach, gab er ihr noch zwanzig Euro Trinkgeld, die sie nicht annehmen wollte. Aber er bestand darauf.

Als er mit zügigen Schritten an einem Dutzend weiterer Sexarbeiterinnen und dann an der Synagoge vorbeiging, rechts auf die Friedrichstraße einbog, der Chausseestraße entlang des Dorotheenstädtischen Friedhofs folgte und ein paar Hundert Meter weiter links auf die Invalidenstraße einbog, merkte er, wie befreiend es gewesen war, mit Jenny gesprochen zu haben. Das Gefühl, pausenlos heulen zu müssen, war verschwunden. Vielleicht nur für kurze Zeit, aber selbst das tat gut. Als er vor dem Hauptbahnhof stand, überlegte er, ob die Kinder vielleicht tatsächlich dort gelandet waren. Wenn das der Fall sein sollte, war das nicht mal besonders schlimm. Denn während sowohl der Bahnhof Zoo als auch der Bahnhof Friedrichstraße vor allem abends und mit Sicherheit erst recht nachts düster und unheimlich waren und es überall nach Pisse roch, so glich der tagsüber vollständig lichtdurchflutete und abends und nachts hell beleuchtete Hauptbahnhof einem modernen Museum. Klaas überlegte, dann betrat er die Halle. Abgesehen von angetrunkenen oder komplett betrunkenen jungen Leuten, die wo auch immer gefeiert hatten und vielleicht an einem anderen Ort weiterfeiern würden, war nur noch Sicherheitspersonal unterwegs. Die Restaurants hatten alle geschlossen, und selbst wenn doch eine der Imbissstuben geöffnet hatte, dann saßen da bestimmt nicht seit Stunden zwei elternlose Kinder herum. Klaas verließ den Hauptbahnhof durch den anderen Eingang, von dem aus es nur einen Steinwurf bis zum Spreeufer war. Dort blieb er einen Moment stehen und betrachtete das Kanzleramt auf der anderen Seite. Welcher Architekt hatte sich bloß einen solch futuristischen, leblosen Bau ausgedacht, fragte er sich nicht zum ersten Mal. Und was tat wohl Angela Merkel in genau diesem Augenblick? Schlief sie? Oder sprach sie gerade mit irgendeinem Botschafter oder einem Kabinettsmitglied? Sie hatte keine Kinder. Hatte sie, diese vielleicht mächtigste Frau der Welt, eine ungefähre Vorstellung davon, wie es war, seine Kinder zu verlieren? Und was wäre wohl ihre Idee gewesen, wie man sie wiederfinden könnte? Oder würde sie einfach sagen: „Das ist Aufgabe der Polizei!“ Oder: „Fragen Sie den Innenminister!“

An der Spree entlang ging er in Richtung Charlottenburg und dachte wieder an jenen Tag, als er Xenia kennengelernt hatte. Irgendwo hier war es gewesen, als er sie überholt hatte. Würde er sich, sollten die Kinder nicht wieder auftauchen, wünschen, dass er sie nie kennengelernt hätte? Oder ... nein. Sieben Jahre wäre er dann Vater gewesen. Ein Vater, der sich viel zu wenig um die Kinder gekümmert hatte. Aber trotz allem ein Vater, der seine Kinder über alles geliebt hatte. Diese sieben Jahre würde ihm niemand nehmen können. Man konnte ihm nur die Jahre stehlen, die noch kommen würden. Klaas blieb stehen und starrte eine Weile auf die Spree, die sich durch nichts aus der Ruhe bringen ließ. Schließlich ging er weiter. In zehn Minuten würde er beim Büchereck sein. Aber was sollte er zu Hause? Xenia war nicht da, sonst hätte sie ihn angerufen. Und die Kinder waren mit Sicherheit auch nicht da. Würde er sich also aufs Bett legen und nachts immer wieder aufwachen und mit der Hand nach Xenia tasten und feststellen müssen, dass sie noch immer fort war? Nein, er konnte nicht nach Hause gehen. Also setzte er seinen einsamen, nächtlichen Spaziergang fort. Irgendwann überquerte er die Spree und wusste nicht mehr genau, wo er war. In einem Straßenzug, der wirkte, als sei eine Ausgangssperre verhängt worden, setzte er sich auf eine Bank, deren Funktion ihm an dieser Stelle ein absolutes Rätsel war.

Wie waren noch gleich Jennys letzten Worte gewesen, die sie ihm mit auf den Weg gegeben hatte? Er nickte, nahm sein Handy und wählte ihre Festnetznummer. Dieses Mal würde er sich überwinden und Linus‘ Ansage hören, um anschließend auf den Anrufbeantworter zu sprechen. Xenia sollte wissen, dass er längst einsah, einen schweren, vielleicht nie wieder zu korrigierenden Fehler begangen zu haben. Dass er sie unbedingt sehen und mit ihr reden wollte, aber Angst hatte, die Wohnung allein zu betreten und deshalb am Morgen direkt ins Büchereck gehen würde. Und er wollte sie bitten, ihn anzurufen, sollte sie nachts nach Hause kommen. Und sollte sie wider Erwarten doch abnehmen, fielen ihm mit Sicherheit noch viele andere Dinge ein.

Klaas dachte, während es läutete, an einen seiner zahlreichen Lieblingsfilme. An *21 Gramm*. In dem Film verliert eine Mutter ihren Mann und ihre Kinder in einem Autounfall. Kurz vor dem Unfall ruft der Mann sie an und spricht ihr auf den Anrufbeantworter. Später wird die Mutter immer wieder diese letzte und so banale Botschaft abhören. Würden er und Xenia, sollte den Kindern das zugestoßen sein, was das Furchtbarste wäre, ständig ihren Anrufbeantworter anrufen, um Linus' Stimme zu hören? Die grauenhafte Wahrheit war: Linus' und Merets Stimmen wären abgesehen vom Spruch auf dem Anrufbeantworter für alle Ewigkeit verloren. Denn selbst Xenia hatte die Kinder nie gefilmt, sondern mit ihrem Handy ausschließlich Fotos von ihnen gemacht. Es hatte inzwischen zum sechsten Mal geläutet. Während er sich eine Begrüßung zurechtlegte, traf ihn ein dumpfer Schlag am Kopf, und ein stechender Schmerz durchfuhr ihn. Dennoch gelang es ihm, sich umzudrehen. Er sah vier Schatten. Darunter einen Schatten mit einer Baseballkeule, die gerade zum zweiten Mal auf ihn niedersauste. Reflexartig hob er den rechten Arm und blockte das, was er für eine Baseballkeule gehalten hatte und was in Wahrheit ein etwa ein Meter langer Ast war. Er hatte den Eindruck, dass sein Unterarm zertrümmert worden war. Nicht sitzen bleiben, dachte er, und tatsächlich gelang es ihm sich aufzurichten. Kaum stand er, traf ihn eine Faust von links gegen das Ohr. Es krachte, als hätte jemand eine handgroße Muschelschale entzweigebrochen. Gleichzeitig hatte er das Gefühl, jemand hätte ihm aus wenigen Zentimetern Entfernung ins Ohr gebrüllt. Er taumelte. Nicht umfallen ... bloß nicht umfallen ... dann hatte er sich wieder im Griff. Zwei Jugendliche, auf den ersten Blick nicht älter als sechzehn, standen direkt vor ihm und zischten ihm irgendwas zu – wo aber waren die anderen beiden? Aus dem Augenwinkel sah Klaas, wie jemand rechts von ihm ausholte und ehe er seinen tauben Arm nach oben bewegen konnte, landete eine Faust auf seinem Jochbein. Die Wucht des Schlages führte dazu, dass er erneut wankte. Dieses Mal schaffte er es nicht sich auf den Beinen zu halten. Er sank auf den Boden. Es war, als würde er auf seinen Knien aufrecht stehen. Klaas sah im Nebel, der ihn umhüllte, wie jemand wie ein Fußballer ausholte, der einen Ball Volley aus dreißig Metern aufs Tor schießen möchte. Klaas wollte sich wehren. Aber seine Arme gehorchten ihm nicht. Sie hingen herunter wie die Arme einer Marionette. Der Spann näherte sich wie in Zeitlupe ... und landete auf seiner Mundpartie. Sein Körper kippte nach hinten, so dass er sich mit den Händen aufstützen musste... Es war schlimm genug, dass er nicht mehr auf seinen Füßen stand. Aber sollte er ganz zu Boden gehen und nicht mehr tun können, als sich auf dem Boden liegend in gekrümmter Haltung irgendwie zu schützen, wäre es ungewiss, ob er überhaupt jemals wieder in der Lage sein würde, allein aufzustehen. Und er musste wieder aufstehen ... er musste ... die Suche würde am folgenden Tag weitergehen ... die Suche nach Linus und Meret ... sie hatten schon zu viel Zeit verloren... Die Lippen rissen auf. Sein Mund füllte sich mit Blut. Seine Schneidezähne fühlten sich an, als wären sie rausgebrochen. Das waren sie aber nicht, wie Klaas mit einem Anflug von Erleichterung feststellte. Und dass es den Schlägern auch mit diesem Tritt nicht gelungen war, ihn endgültig niederzuringen, um dann auf ihn in aller Ruhe eintreten zu können ... gab ihm Kraft. Wie ein Tier, das sich aufbäumt und seine vielleicht letzte Chance zur Flucht nutzt, so bäumte sich auch Klaas auf und all sein Zorn entlud sich in einem Schrei. Plötzlich kam Klaas die Anzahl der Jugendlichen, die es auf ihn abgesehen hatte, lächerlich gering vor. Der Überlebenskampf hatte begonnen, und er würde ihn nicht verlieren. Mit einer flinken Bewegung packte er einen der Jugendlichen und warf ihn zu Boden. Wie er das geschafft hatte, wusste er nicht. Dort lag er wie ein auf dem Rücken liegender Käfer, und seine Hilflosigkeit nutzte Klaas aus, um ihn unschädlich zu machen. Er trat ihm nicht ins Gesicht, sondern auf die Hüfte, und er legte sein komplettes Gewicht in diesen Tritt. Der Junge stöhnte. Dann drehte sich Klaas um, griff sich den auf dem Boden liegenden Ast, holte aus und zielte auf den Kopf desjenigen, der ihm den Fußtritt verpasst hatte. Er riss seine Arme in die Höhe, als er den Ast sah. Im letzten Moment änderte Klaas die Richtung, visierte nun das Knie an ... und traf! Der Jugendliche schrie laut auf, stürzte und umschloss mit beiden Händen sein Knie. Dabei wimmerte er jämmerlich, aber Mitleid kannte Klaas nicht. Die zwei noch stehenden Jungs starrten ihn an, als könnten sie nicht glauben, was gerade geschah. Und das war kein Wunder, denn Klaas glaubte es selbst nicht. War er endgültig zu einem Tier geworden, das nur noch seinen Instinkten gehorcht?

„Was wollt ihr, ihr Arschlöcher? Glaubt ihr, ich habe keine anderen Probleme, als mit euch fertigzuwerden?“

Er lachte so, wie er sich noch nie hatte lachen hören. Er hatte bis dahin nicht mal gewusst, dass er solche Laute erzeugen konnte. Laute, in denen Hass und Verachtung mitschwangen. Laute, die ein Theaterschauspieler trainiert, um dem Publikum einen Schreck einzujagen. Immer wieder schlug er jetzt abwechselnd auf die am Boden liegenden Jungen ein. Und er bemühte sich, dort zu treffen, wo es besonders schmerzte. Auf die Schienbeine, auf die Knie, auf den Kopf. Beide heulten und schrien nach ihren Freunden. Als sich einer auf Klaas zubewegte, stieß er ihm das Ende des Stocks wie eine Lanze ins Gesicht. Als er aufstöhnte und seine Hände auf seine aufgeplatzten Lippen presste, schlug Klaas ihm mit seiner heilen Faust auf dessen Hände und hoffte, dass seine Zähne herausbrachen. Hatte er das wirklich gehofft? Ja … und das bedeutete: Er musste verschwinden, bevor er einen von ihnen umbrachte.

Klaas schleuderte den Ast in die Richtung desjenigen, der während der letzten Sekunden der Gewaltorgie mit weit aufgerissenen Augen lediglich beigewohnt hatte, dann lief er davon, ohne sich ein einziges Mal umzudrehen. Er lief in die eine Straße rein, bog in die andere Straße ab, lief weiter, lief und lief, bis er nicht mehr konnte. Am Ende seiner Kräfte angelangt, schleppte er sich an einem Veranstaltungszentrum vorbei, das sich hinter der unauffälligen Altbaufassade eines Wohnhauses versteckte. Menschen standen vor dem Eingang, rauchten Zigaretten und Zigarillos und wirkten, als würden sie sich ziemlich wichtig nehmen.

Ein Mann warf ihm einen irritierten Blick zu. Er stupste einen anderen Mann an und zeigte auf Klaas, der ihnen entgegengeschlurft kam. Sie starrten ihn an, als handelte es sich bei ihm um ein entlaufenes Zootier, das niemand auf den Straßen Berlins vermuten würde. Er ignorierte die Blicke und schleppte sich bis zu einem Spielplatz. Inmitten der Häuserblocks hatten sich die Spielplatzarchitekten viel Mühe gegeben, um ein kleines Paradies für Kinder zu schaffen. Was er genau auf dem Spielplatz wollte, wusste er nicht. Zunächst setzte er sich auf eine Schaukel und … schaukelte. Die Schlägerei würde wochenlang Spuren in seinem Gesicht hinterlassen. Aber er lebte. Und … Linus und Meret lebten auch. Ja … sie lebten!

Klaas hatte inzwischen aufgehört zu schaukeln. Er massierte seinen Unterarm, an dem nichts gebrochen zu sein schien, und versuchte die Finger der Hand zu bewegen. Greifen konnte er nicht, aber das Gefühl in den Fingern war wieder zurückgekehrt. Immerhin. Seine Schneidezähne fühlten sich an, als wären dort, wo sie sein sollten, zwei Krater im Zahnfleisch. Klaas ließ immer wieder seine Zunge von innen seine obere, vordere Zahnreihe entlangwandern: Er konnte es selbst kaum glauben, aber seine Schneidezähne waren definitiv da. Sobald er mit dem linken Zeigefinger, den er im Gegensatz zum rechten kontrolliert bewegen konnte, auf einen der Zähne drückte, hatte er allerdings den Eindruck, als bekäme er einen weiteren Tritt ins Gesicht. Seine Lippen brannten. In seinem Kopf pochte und hämmerte es. Hätte ihn jemand einen Tag zuvor gefragt, ob man einen solchen Schlag überleben könnte, hätte er vermutlich verneint. Nun hatte er nichts weiter als ein ... Hämatom ... und das Gefühl, ein wachsender Tumor drücke von innen gegen die Schädeldecke. Sein Ohr reagierte empfindlich auf leichtesten Druck. Und sein Jochbein schmerzte schon, wenn er sich mit der Hand nur näherte. Wie er wohl aussah? Wahrscheinlich fürchterlich. Er stieg die Treppen hinauf auf eine Art Burgturm. Oben angekommen ließ sich Klaas unter dem Dach auf den Boden sinken, streckte die Beine aus und lehnte sich mit dem Rücken an die Wand. Seine Hände legte er in seinen Schoß. Die Wände waren einen guten Meter hoch und boten Schutz, damit sich Jungs wie Linus hinter ihnen verschanzen konnten. Klaas schaute durch den breiten Spalt zwischen Wand und Dachkante und hatte das Gefühl, er säße in einem Baumhaus. Jetzt sollte er endlich zu Hause anrufen. Er schaffte es allerdings kaum, seine Hand in seine Hosentasche gleiten zu lassen. Letztendlich war das egal – denn das Handy hatte er auf dem Schlachtfeld vergessen. So hatten die Jungs trotz allem etwas erbeutet. Etwas Wertloses, denn vermutlich hatte es sich ausgeschaltet, und an seinen Daumenabdruck würden sie nicht kommen.

Ob Linus in jenem Moment an seine Eltern dachte? Mit Sicherheit würde er sich trotz seiner oft abenteuerlichen Phantasie nicht vorstellen können, wo sein Vater gerade war. Klaas schloss die Augen und atmete langsam ein und aus. Bald würde die Nacht vorbei sein. Wie ginge es dann weiter? Xenia und er würden sich wiedersehen. Und er wollte Xenia wiedersehen. Vielleicht hatte er überhaupt noch nie eine solch heftige Sehnsucht nach ihr verspürt. Und wenn Xenia ihm nur verzieh, sollte er vor ihr auf die Knie fallen, so würde er vor ihr auf die Knie fallen. Er suchte ein Taschentuch, mit dem er sich die Lippen abtupfte. Eigentlich musste er zurück. Doch während er sich eine Strategie ausdachte, wie er halbwegs schmerzfrei aufstehen konnte, fielen ihm die Augen zu. Einfach so. Sein Körper hatte aufgegeben. Er holte sich das, was er brauchte. Trotz der Kälte und der Härte des immerhin trockenen Holzes, auf dem Klaas in unbequemer Haltung saß, trotz seiner brennenden Lippen und der fürchterlichen Kopfschmerzen, schlief er ein.

Aus weiter Entfernung drang eine Stimme zu ihm. Ein Hallo. Oder träumte er bloß, dass ihn jemand rief? Wenn dem so war, träumte er auch, dass jemand eine Hand auf seine Schulter gelegt hatte und ihn rüttelte.

„Hey … hallo … wachen Sie auf."

Nein, Klaas träumte nicht. Er öffnete die Augen und sah in ein Gesicht. In ein weibliches Gesicht. Es war hell geworden. Die Frau schien in seinem Alter zu sein und wirkte nicht besonders ängstlich.

„Kann ich … Ihnen helfen?"

„Mama … was hat der Mann?", rief ein Kind.

Klaas hätte darauf antworten können, und es wäre eine lange Antwort geworden.

„Wie spät ist es?“, fragte er stattdessen.

Seine Stimme klang nicht wie seine eigene Stimme. Es war bloß ein Krächzen. Die Frau schien ihn aber verstanden zu haben. Sie schaute auf ihr Handy.

„Halb zehn…“

Das … das konnte nicht sein. Hannes war schon im Büchereck, und in einer halben Stunde begann seine Schicht.

„Halb zehn?“, fragte Klaas ungläubig.

„Ja, halb zehn.“

Und dann, als müsste sie sich dafür rechtfertigen, Klaas geweckt zu haben: „Mein Sohn und ich waren gerade beim Bäcker, er wollte nur mal schnell die Treppe auf den Turm hochlaufen.“

Halb zehn. Er betrachtete die vor ihm stehende Frau, die in ihren weiten Klamotten aus buntem Stoff aussah wie eine klassische Veganerin mit Hang zur Esoterik. Ihre Haare waren kurz, von Schminke hielt sie nichts, aber in den Ohrläppchen glitzerten gleich mehrere Ringe, und um den Hals trug sie einen blau schimmernden Stein. Ihr Handy hatte sie noch immer in der Hand.

„Darf ich mal kurz telefonieren?“, fragte Klaas.

„Kein Problem“, sagte sie und reichte es ihm, nachdem sie es entsperrt hatte.

Klaas rief bei sich zu Hause an. Xenia war noch immer nicht da. Oder sie hob nicht ab, weil sie in einen ähnlich komatösen Schlaf wie Klaas gefallen war. Linus Stimme, die auf dem Anrufbeantworter fröhlich brabbelte, ertrug er kaum. Aber er riss sich zusammen und sprach den Text, den er schon Stunden zuvor hatte sprechen wollen.

„Ihre Kinder sind weg?“, sagte sie, als Klaas ihr das Handy zurückgab.

„Ja."

„Oh mein Gott ... haben Sie schon die Polizei..."

„Ja, natürlich. Aber ... ach ... lange Geschichte. Danke fürs Handy."

Er machte eine kurze Pause, um sich von den wenigen Sätzen zu erholen.

„Ich muss jetzt los", sagte er.

Klaas versuchte aufzustehen. Aus eigener Kraft gelang es ihm allerdings nicht. Er zog sich an der Wand hoch, während die Frau ihn wie eine geübte Altenpflegerin unter der Achsel packte. Er war überrascht, dass er unter dem Dach tatsächlich aufrecht stehen konnte.

„Soll ich wirklich keinen Arzt rufen?", fragte die Frau.

„Nein, danke. Aber haben Sie etwas zu trinken ... nur einen Schluck?"

Die Frau nickte. Gemeinsam ging sie mit Klaas die Treppe, die vom Burgturm herunterführte, hinab.

„Hast du dich geschlagen?", fragte der Junge, der am Fuße der Treppe auf seine Mutter wartete und Klaas mit einem Blick voller Bewunderung ansah.

„Ja", sagte Klaas.

Um keinen falschen Eindruck zu erwecken und eventuell ein Weltbild, das gerade erst entstand, zu zerstören, fügte er hinzu: „Aber weißt du, ich bin überfallen worden. Und da musste ich mich wehren."

Der Junge nickte und schaute ihn weiterhin mit leuchtenden Augen an. Er trug ein Darth-Vader-T-Shirt und war ein wenig älter als Linus, aber die beiden hätten sich bestimmt trotzdem viel zu erzählen gehabt.

„Der Mann braucht was zu trinken", sagte die Mutter, und der Sohn nickte eifrig, als sei er froh, einem Menschen, der in so etwas Aufregendes wie eine Schlägerei verwickelt gewesen war, helfen zu dürfen.

„Da haben Sie Glück gehabt. Er nimmt immer seinen Rucksack mit, selbst wenn wir nur zum Bäcker gehen", sagte die Mutter, während Klaas die ganze Kapitän-Sharky-Flasche austrank. Klaas nickte, als er dem Jungen die Flasche zurückgab.

„Danke, wenn du die Flasche jetzt wegwerfen willst, schenke ich dir eine neue. Du darfst mich auch gern mal im Büchereck besuchen und dir ein Buch aussuchen. Und Sie natürlich auch. Kennen Sie das..."

„Na klar!", sagte die Frau.

„Jetzt weiß ich auch, woher ich Sie kenne. Und Ihre Frau, die kenne ich auch."

„Ich komme gern und suche mir ein Buch aus. Die Flasche behalte ich aber trotzdem!", sagte der Junge und umklammerte seine Flasche wie eine Trophäe.

Klaas lächelte, so gut es ging, und versprach, zum Arzt zu gehen. Er ließ sich von der Frau auf dem Handy zeigen, wo er genau war, dann machte er sich auf den Weg. Angst und Hoffnung begleiteten ihn. Jeder Schritt schmerzte. Er fühlte sich wie damals, als er seinen ersten Marathon gelaufen war. Dieses Mal hatte er allerdings mehr als einen Marathon hinter sich. Nach hundert Metern stand ein Taxi am Straßenrand. Der Taxifahrer las Zeitung und schien auf Klaas zu warten.

„In die Notaufnahme?", fragte er, nachdem Klaas einfach eingestiegen war und sich auf den Beifahrersitz gesetzt hatte.

„Zum Büchereck, das ist..."

„Kenn ich. Meine Frau war da mal mit meiner Tochter, als da irgendwas vorgelesen worden ist, und malen sollte meine Tochter auch was. Ich habe da einen Kaffee getrunken. Für eine Buchhandlung eigentlich ganz nett."

Klaas sagte nichts dazu. Die Nacht war zu Ende, und er hatte Angst vor dem Tag und vor allen Tagen, die kommen würden, sollten die Kinder nicht auftauchen. Als er das Büchereck betrat, zuckte Hannes zusammen. Er stand am Tresen und begann sofort stotternd zu sprechen.

„Klaas ... was ... wie...?“

Klaas winkte ab.

„Frag nicht. Ich ... ich geh mal kurz auf Toilette“, sagte er.

„Nein ... warte. Die Kinder...“, sagte Hannes und sprach nicht weiter.

Stattdessen zeigte er auf einen Tisch in unmittelbarer Nähe zum Kinderbereich, auf dem zwei Kinderbecher standen. Auf einem Teller lagen Krümel. Auf dem anderen Teller lag ein angebissenes Croissant.

„Ich habe ... was ist eigentlich los ... ich habe dich angerufen, ich habe Xenia angerufen, dann habe ich bei euch zu Hause angerufen ... es ist keine zehn Minuten her, als Linus und Meret plötzlich...“

Klaas begann zu weinen. Die Tränen liefen ihm einfach die Wangen hinab und brannten auf seinen aufgerissenen Lippen. Aber das war ihm egal. Er ging zum Kinderbereich.

Dort saßen sie.

EPILOG: LINUS UND MERET

„Komm, lass uns auf den Vierer da setzen“, sagte Linus zu Meret. Ohne eine Antwort abzuwarten, zog er sie zu den Plätzen, die er ausgesucht hatte.

„Willst du am Fenster sitzen?“, fragte er Meret.

„Au ja!“, sagte sie.

Linus hatte Lust, endlich irgendjemandem davon zu erzählen, was sie gerade machten. Warum sollte er es nicht diesem Mann, der ihnen gegenübersaß und der einen so lustigen rosa Schal trug und der so freundlich lächelte und der bestimmt schon sechzig, vielleicht sogar schon fünfundsechzig war, erzählen?

„Weißt du was, unsere Eltern, die haben uns erlaubt, allein zu fahren. Eine Station. Da sollen wir dann warten. Sie nehmen eine S-Bahn später. Meine Mama fand das nicht so gut, aber sie muss sich keine Sorgen machen. Denn eigentlich brauchen wir unsere Eltern gar nicht. Die stören oft bloß“, sagte Linus.

Der Mann lachte und holte aus seiner Jackentasche eine Tüte bunter Gummibärchen.

„Na, du kannst aber reden. Nimm erst einmal ein Gummibärchen, und deine Schwester will bestimmt auch eins.“

„Die will immer“, sagte Linus, griff in die Tüte, nahm sich ein Gummibärchen und bedankte sich.

In dem Moment, in dem sich die S-Bahn in Bewegung setzte, griff Meret ebenfalls in die Tüte, nahm sich drei Gummibärchen, steckte alle drei in den Mund und bedankte sich nicht. Der Mann lachte wieder.

„Meret ... was sagt man?“, sagte Linus.

„Danke“, sagte Meret, ohne den Mann anzusehen.

Der Mann war ein fröhlicher Mensch, denn er lachte schon wieder.

„Deine Schwester heißt also Meret. Und wie heißt du?“

Mist, dachte Linus. Man soll doch einem Fremden nicht sagen, wie man heißt. Aber da dieser nette Mann schon wusste, wie Meret hieß, konnte er nun ja auch seinen Namen verraten.

„Linus“, sagte er.

„Meret und Linus, das sind aber hübsche Namen. Toll, dass eure Eltern euch eine Station allein fahren lassen. Die Menschen haben heute immer so viel Angst. Dabei müssen Kinder doch so was können. Und was macht ihr, wenn eure Eltern kommen?“

„Dann gehen wir in den Zoo. Dort essen wir eine Currywurst und gehen auf den Spielplatz und gucken uns Tiere an.“

„Und was machen wir dann?“, fragte Meret.

Immer diese Fragen, dachte Linus.

„Dann ... gehen wir zurück, was denn sonst“, sagte er.

In diesem Moment fuhr die S-Bahn in den Bahnhof Zoo ein. Linus wäre am liebsten weitergefahren. Weil es so nett war, sich mit dem Mann zu unterhalten. Außerdem fuhr er gern S-Bahn und beobachtete andere Menschen. Linus nahm Meret an die Hand, sagte „Tschüss“ zum Mann und sprang auf den Bahnsteig. Genau an der Stelle, an der sie ausstiegen, blieben sie stehen.

„Guck mal!“, sagte Meret und zeigte auf eine Gruppe Menschen, die weiß-blaue Trikots anhatten und von denen zwei weiß-blaue Fahnen in die Höhe hielten.

„Das sind Fußballfans, die fahren jetzt zu einem Spiel", sagte Linus.

Die Fans sangen „Ha ho he, Hertha BSC". Immer wieder. Und immer lauter. Linus fand die singenden Fans spannend. Aber noch spannender fand er die Fans, die wie im Zirkus eine kleine, wackelige Pyramide aus Menschen gebildet hatten. Zuerst wusste Linus nicht, warum sie sich so freuten. Doch dann erkannte er, dass sie irgendeinen Gegenstand in ein paar Metern Höhe mit einer Fahne eingewickelt hatten.

„Was machen die denn da?", fragte Meret.

„Ach nichts", sagte Linus.

Plötzlich übertönte eine Stimme sowohl den Gesang als auch das Gegröle der Fans.

„Sehr geehrte Fahrgäste, in Richtung Spandau und Potsdam kommt es wegen einer Störung zu einer Verzögerung im Betriebsablauf. Wir bitten um Ihr Verständnis."

Richtung Spandau und Potsdam?

„Was hat die gesagt?", fragte Meret.

„Ach nichts", sagte Linus wieder.

Bevor er ihr irgendetwas erklärte, musste er herausfinden, ob das ihre Richtung war. Und wenn ja, hieß das, dass Mama und Papa nicht wegkamen. Er schaute auf die Anzeige, auf der die nächste S-Bahn angekündigt war. Dort stand, und zwar eindeutig: Spandau.

Darunter lief ein Band mit einem Text. Obwohl Linus lesen konnte wie ein Viertklässler (das sagte jedenfalls seine Lehrerin), hatte er Mühe so schnell zu lesen. Er versuchte es trotzdem: *Die nachfolgenden .... die nachfolgenden Züge verspäten sich ... die nachfolgenden Züge verspäten sich um zehn Minuten.* Das stand da. Und nun sagte es die Frau noch einmal.

„Was hat die Frau gesagt?"

„Bloß, dass wir noch ein bisschen Zeit haben. Wir bleiben hier einfach stehen und warten."

„Ach so. Und was machen wir dann?"

Konnte Meret nerven mit dieser Frage. Linus antwortete nicht. Sollte er zu einem Polizisten gehen und ihm sagen, dass sie allein waren? Nein, was würde das bringen? Ob Mama und Papa sofort oder erst in zehn Minuten kamen, war doch egal. In diesem Moment kam eine Gruppe Fußballfans die Rolltreppe hochgefahren. Einer machte ein Geräusch wie eines der Wildschweine es neulich im Zoo gemacht hatte, dann spuckte er auf den Boden.

„Das darf er nicht", sagte Meret.

Da es Meret zuzutrauen war, dass sie es dem Mann auch noch mal persönlich sagte und der Mann nicht so aussah, als ob er das lustig finden würde, entschied sich Linus dafür, den Bahnsteig ein paar Minuten zu verlassen.

„Komm", sagte er.

„Aber wir sollen hier warten", sagte Meret.

„Komm jetzt", sagte Linus und nahm Meret an die Hand. „Wir fahren mit der Rolltreppe runter."

„Au ja!", sagte Meret, die gern Rolltreppe fuhr.

Vor allem dann, wenn man sie nicht an der Hand hielt und wenn man ihr am Ende der Fahrt erlaubte zu springen. Papa, der aber nur selten dabei war, erlaubte es immer, Mama nie.

„Ich habe Hunger. Da gibt es eine Brezel", sagte Meret, kaum waren sie in der Halle angekommen.

Linus sagte ihr, dass er nur einen Euro dabei habe und sie sich den Euro lieber aufheben sollten, aber Meret hörte nicht hin. Dieses Mal war sie es, die ihn zog. Der Verkäufer sah aus wie der Vater von seiner Mitschülerin Elif, und er war auch so nett wie der Vater von Elif.

„Na, was kann ich denn für euch beiden tun. Wollt ihr jeder eine Brezel?“, fragte er.

„Ja“, sagte Meret.

„Nein, wir haben nur einen Euro. Begreif das doch“, sagte Linus.

„Wisst ihr was? Ich habe eh gleich Feierabend und bin deshalb gerade gut gelaunt. Ich schenke euch zwei Brezeln, was sagt ihr dazu?“

Während Linus sich bedankte, begann Meret sofort zu essen. Linus steckte seine Brezel in den Rucksack. Sollten sie nun wieder zurückgehen? Nein, wahrscheinlich waren erst zwei Minuten vergangen, und dann würden sie doof am Gleis rumstehen.

„Guck mal, wie *die* aussehen“, sagte Meret und zeigte auf einen Mann und eine Frau, die kaputte Kleidung trugen.

Die Frau hatte grün-rot-blaue Haare, der Mann hatte auf der einen Seite seines Kopfes gar keine Haare, auf der anderen Seite standen sie dafür wie Stacheln ab. Ein Schäferhund ging zwischen den beiden.

In diesem Augenblick gab es eine weitere Durchsage. Jetzt hieß es, dass sich die Züge in Richtung Potsdam und Spandau fünfzehn Minuten verspäten würden. Fünfzehn Minuten, das war eine kleine Ewigkeit, fand Linus.

„Du, Meret, lass uns doch schon in den Zoo gehen. Mama und Papa kommen bestimmt hinterher.“

„Aber wir sollen doch warten.“

„Ja, aber es ist ja etwas dazwischengekommen. Und Mama und Papa wissen das auch und gehen wahrscheinlich sowieso direkt in den Zoo.“

„Na gut. Und was machen wir dann?“

Linus sagte nichts dazu. Hand in Hand überquerten sie den Busbahnhof. Mama und Papa bestanden immer darauf, dass man über die Ampel oder außen herum ging, dabei musste man doch bloß nach links und nach rechts gucken. Als Meret den Luftballonverkäufer sah, sagte sie das, was sie immer sagte, wenn sie ihn sah.

„Ich will einen Luftballon."

„Aber du kriegst keinen. Komm jetzt."

„Schade."

Die Schlangen vor den beiden geöffneten Kassenhäuschen waren bestimmt jeweils zehn Meter lang. Vielleicht waren es sogar jeweils hundert Meter. Erst in diesem Moment merkte Linus, dass Mama die Jahreskarte im Portemonnaie hatte. Mist. Aber er hatte einen Plan, wie sie trotzdem reinkommen würden. Und Linus war sich ziemlich sicher, dass Mama wusste, dass ihm immer etwas einfiel. Wie oft erzählte er zum Beispiel Geschichten einfach weiter, wenn sie mal wieder viel zu früh aufgehört hatte vorzulesen? Er nahm Meret an die Hand und stellte sich in die Nähe eines Mannes, der gerade für sich, seine Frau und seine vier Kinder die Tickets vorzeigte. Sie hatten einen Kinderwagen dabei, weshalb die Familie nicht durch die Drehschranke gehen musste. Stattdessen wurde an der Seite eine Tür geöffnet.

„Siehst du die. Wir müssen ganz dicht bei denen bleiben, dann denken die Kartenabreißer, das sind unsere Eltern, und dann sind wir drin", flüsterte Linus.

„Aber das sind doch gar nicht unsere Eltern", flüsterte Meret zurück.

„Wir tun ja auch bloß so."

„Ach so."

„Achtung ... jetzt!"

Und ehe es irgendjemand mitbekommen hatte, waren sie im Zoo. Der Vater schaute Linus und Meret komisch an, wie Linus fand. Aber dann lächelte er bloß. Wahrscheinlich dachte er, dass ihre Eltern auch gleich kommen würden, und das stimmte ja auch. Oder er fand Meret niedlich, weil sie die Hand ihres großen Bruders hielt. Meret fanden immer alle niedlich. Aber die meisten wussten ja auch nicht, wie bockig sie sein konnte. Die Mutter war mit dem Kind im Kinderwagen beschäftigt und hatte nichts mitbekommen. Es hatte also tatsächlich geklappt!

„Komm, wir gehen zum Affenhaus", sagte Linus, als sie außer Reichweite des Eingangs waren.

„Wo sind Mama und Papa?", fragte Meret.

„Die sind vielleicht noch gar nicht los. Aber bald kommen sie, und dann gucken sie bestimmt zuerst im Affenhaus", fügte er hinzu.

Im Affenhaus drängten sich die Menschen vor den einzelnen Gehegen. Eine Absperrung verhinderte, dass Kinder an die Scheiben klopften und die Affen ärgerten.

„Ich will auch gucken", sagte Meret.

„Gleich", sagte Linus.

Genau in diesem Moment geschah das, worauf Linus gewartet hatte: Die Masse schob sich weiter und es entstand an einer Stelle eine Lücke. Sofort setzten sie sich auf den frei gewordenen Platz auf der Stange und guckten einem Schimpansen zu, der auf dem Boden lag und sich rekelte und den es nicht zu interessieren schien, dass er den ganzen Tag lang angeglotzt wurde. Dann sprang der Schimpanse auf einen Ast, hielt sich mit einem seiner langen Arme fest, und hangelte sich zum nächsten.

„Komm, Mama und Papa sind bestimmt schon im Zoo und suchen uns", sagte Linus, der davon überzeugt war, dass inzwischen mindestens zwanzig Minuten, vielleicht sogar schon fünfundzwanzig, vergangen waren.

„Na gut. Ich habe jetzt aber Hunger auf Currywurst!"

Mist, dachte Linus. Denn wenn Meret keine Currywurst bekäme, obwohl sie eine haben wollte, dann konnten die nächsten Stunden sehr anstrengend werden. Also ging er mit Meret an der Hand zum Zoorestaurant beim Spielplatz und stellte sich in die Schlange vor der Essensausgabe. Dort bekam man das Essen, das an der Kasse bezahlt werden musste. Die Frau, die an der Kasse saß, würde an einem solchen Tag bestimmt schnell den Überblick verlieren. Das war Linus' Hoffnung. Wenn er die Currywurst mit Pommes allerdings nicht bezahlte, dann wäre er ein Dieb und die Polizei würde kommen. Vielleicht ließ sich ja doch eine andere Möglichkeit finden.

„Na, was wollt ihr beiden denn?", fragte ein schwitzender Mann mit einer Schürze, als sie endlich dran waren.

„Currywurst mit Pommes", sagte Linus.

„Für mich auch", sagte Meret.

„Quatsch... das essen wir zusammen."

„Wenn es sein muss."

„Du bist ja eine kleine selbstbewusste Dame", sagte der Mann, der neben ihnen stand.

„Ich bin gar nicht klein. Ich bin groß."

Jetzt lachte der Mann. Linus verstand einfach nicht, warum so viele Menschen lachten, wenn Meret irgendetwas sagte. Ehe er sich versah, hatte er den Teller mit den Pommes und der Currywurst in der Hand. Sollte er nun doch weglaufen? Nein. Also musste er bezahlen. Aber wie? Sein Noteuro reichte höchstens für ein Eis. Plötzlich hatte er einen Einfall. Und diesen Einfall fand er mindestens genauso gut wie den Einfall, einfach mit einer Familie in den Zoo zu gehen und so zu tun, als würden sie dazugehören.

„Wir machen ein Spiel...", flüsterte er Meret ins Ohr.

„Au ja!"

„...ich sag zu dir jetzt was, und dann guckst du beleidigt und rennst weg. Zum Tisch dort hinten, okay?"

„Okay."

„Gibst du mir jetzt den Zehn-Euro-Schein, den Mama dir gegeben hat?", sagte Linus in einer Lautstärke, dass es möglichst viele Erwachsene in seiner Nähe hören konnten.

„Ich habe doch..."

„Du sollst beleidigt gucken", zischte Linus, woraufhin Merets Augen leuchteten.

Dann verzog sie wie auf Knopfdruck die Miene und ... fing an zu heulen. Wow, dachte Linus, während sie zum Tisch lief und dort weiterschluchzte.

„Was hat sie denn?", fragte der eben noch so gut gelaunte Mann.

„Oh mein Gott ... ich glaube ... oh nein...", sagte Linus und versuchte dabei, möglichst traurig und ängstlich zu klingen.

„Was denn nun?"

„Sie hat den Zehneuroschein verloren. Den hat Mama ihr gegeben und sie hat versprochen ... oh nein ... da wird Mama aber böse sein. Und dabei hat sie doch heute Geburtstag ... und..."

Linus gelang es, auch ein wenig zu weinen. Und tatsächlich funktionierte es. Nicht nur der gut gelaunte Mann, der hinter ihm stand, sondern auch eine Frau, die vor ihm stand, griffen sofort in ihre Hosentasche beziehungsweise in ihre Handtasche und zückten ein Portemonnaie, während der Typ mit der Schürze zur Kasse ging und mit der Kassiererin sprach. Am Ende hatte Linus zwei Fünfeuroscheine *und* die Currywurst mit den Pommes. Denn als er dran war, winkte ihn die Kassiererin einfach durch. Die Frau sah er nicht, und der Mann war gerade damit beschäftigt, Besteck und Servietten für vier Portionen Pommes zu organisieren. Er würde ihm später das Geld zurückgeben müssen. Jetzt hatte er keine Zeit. Meret strahlte, als Linus mit der Currywurst und den Pommes kam.

„Und wann kommen Mama und Papa?“, fragte Meret, nachdem sie aufgegessen hatten.

„Gleich“, sagte Linus.

Inzwischen war bestimmt eine halbe Stunde vergangen. Vielleicht sogar vierzig Minuten. Sollte er sie anrufen? Die Nummer vom Büchereck kannte er auswendig. Und natürlich die Nummer von zu Hause, wobei das Büchereck auch ein bisschen wie ihr Zuhause war. Papa verbrachte dort bestimmt mehr Zeit als in ihrer Wohnung. Aber die Handynummern kannte er nicht. Die waren zu lang. Wenn er erst im Büchereck anrief, dann müsste Hannes bei Mama und Papa anrufen, und dann müsste Linus in zehn Minuten wieder im Büchereck anrufen um zu erfahren, wo Mama und Papa waren, und Hannes musste ja eigentlich dafür sorgen, dass die Leute im Büchereck Kaffee und Kuchen bekamen oder Bücher kaufen konnten. Er hatte deshalb bestimmt keine Zeit, Mama und Papa hinterherzutelefonieren. Und außerdem war es bis jetzt ja auch alles richtig schön aufregend gewesen. Mal so ganz ohne Eltern ... das sollten sie häufiger machen.

„Lass uns jetzt auf den Spielplatz gehen.“

„Au ja, aber erst muss ich Pipi.“

Oh nein, dachte Linus. Darauf hatte er gar keine Lust, weil ihr manchmal, wenn sie auf dem Klo saß, einfiel, dass sie auch Kacka machen musste. Und ihr den Po abwischen, also das war nun wirklich nicht seine Aufgabe. Als Meret vom Stuhl sprang, musste sie sich plötzlich am Tisch festhalten, mehrere Erwachsene riefen „Mist“ und andere Wörter, und einige Kinder heulten los: Eine Sturmböe, die einen Sonnenschirm umgestoßen und die Tische, auf denen Pappbecher standen, leer gefegt hatte, hatte das Chaos ausgelöst.

Linus schaute sich um und wunderte sich. So schlimm war das nun auch wieder nicht gewesen, fand er. Er suchte den Mann und die Frau, aber er sah sie nicht. Mist. War er nun ein Dieb? Würden die beiden vielleicht die Polizei rufen, wenn sie erfahren sollten, dass Linus gar nichts hatte zahlen müssen? Hoffentlich nicht.

Er setzte seinen Rucksack auf und nahm Merets Rucksack in die eine Hand und Merets Hand in die andere. Dann gingen sie zur Herren-Toilette. Die Klofrau, deren Hautfarbe dunkelschwarz und deren Lippen knallrot waren, lächelte sie an und sagte irgendetwas zu ihnen, was Linus nicht verstand.

„Es kommt noch Kacka, aber nur ein bisschen", sagte Meret, kaum hatte sie sich auf die Klobrille gesetzt.

Das war ja klar, dachte Linus. Plötzlich hatte er eine Idee, wie er um das Poabwischen herumkam.

„Warte mal kurz", sagte er.

„Aber geh nicht weit weg."

„Nein, bin sofort wieder da."

Nun, da er zehn Euro in der Hosentasche hatte und behalten musste, hatte Linus das Gefühl, den Noteuro mit gutem Gewissen ausgeben zu können. Er ging zur Klofrau und sagte, dass seine Schwester gerade auf dem Klo sitze, seine Eltern ihn allein losgeschickt hätten, weil seine Schwester gesagt habe, dass sie nur pullern müsse, und ob sie ihm nicht helfen könnte mit dem Poabwischen, denn seine Schwester habe doch nicht nur gepullert, und er würde ihr dafür auch einen Euro geben, sie müsse aber aufpassen, denn seine Schwester sei manchmal ein bisschen komisch. Die Klofrau lachte ziemlich laut, weshalb Linus befürchtete, sie würde ihn auslachen. Dann nickte sie aber, gab Linus vom Teller, auf dem mehrere Münzen lagen, ein Fünfzig-Cent-Stück und sagte, er solle seinen Euro behalten und seiner

Schwester davon ein Eis kaufen. Also damit hatte Linus nun wirklich nicht gerechnet. Zum Glück ließ Meret sich mit einer Ruhe den Po abwischen, als hätte es noch nie jemand anderes getan. Nachdem Linus ebenfalls gepullert hatte, gingen sie zum Spielplatz.

„Pass auf, Meret, die Rucksäcke, die verstecken wir in der Höhle."

Meret nickte und folgte Linus, der zum Piratenschiff lief. Er bückte sich und ging durch einen der Eingänge, die so schmal und niedrig waren, dass sogar Meret sich leicht bücken musste. In der Höhle, die wahrscheinlich so etwas wie eine Kajüte oder ein Verlies sein sollte, gab es derart enge Gänge, dass die Erwachsenen auf allen vieren krabbeln mussten. Der sandige Boden war kalt. Dünne Filzdecken lagen mehr unter als auf dem Sand oder zusammengeknüllt in den Ecken. Linus kroch durch einen Gang zu einem Raum, der so groß war, dass sich dort mehrere Kinder gleichzeitig aufhalten konnten. Als sie wieder draußen waren, bemerkte Linus als Erstes, wie windig es geworden war. Und er sah eine schwarze Wolkenwand, die sich langsam in ihre Richtung schob. Aber vielleicht würde sie ja auch vorbeiziehen.

„Wann kommen Mama und Papa?", fragte Meret.

Zwar nervte Linus die Fragerei. Aber natürlich wunderte auch er sich. Sie müssten längst da sein. Komisch. Wahrscheinlich suchten sie sie gerade im Zoo.

„Die kommen gleich."

„Sie sollen *jetzt* kommen!"

Irgendwie musste er sie ablenken. Oder sollte er doch einfach im Büchereck anrufen? So viel würde Hannes schon nicht zu tun haben. Und irgendjemand würde ihm gewiss sein Handy leihen. Hannes könnte dann Mama und Papa anrufen und ihnen einfach sagen, dass Meret und er auf dem Spielplatz waren.

Ja, das war eine gute Idee. Linus sah einen Erwachsenen, der gerade telefonierte. Zu dem ging er hin. Neben ihm standen zwei Jungs, von denen einer ein Darth-Vader-T-Shirt trug.

„Hey, cooles T-Shirt, so eins habe ich auch", sagte Linus zu ihm.

Der Junge schaute ihn an und sagte: „Ja, aber ich hätte lieber ein T-Shirt mit Luke Skywalker drauf gehabt, denn..."

„Wollen wir spielen, dass wir Jedi-Ritter sind? Da drüben..."

Er drehte sich um und zeigte zum Piratenschiff.

„...ist Leia eingeschlossen. Sie ist entführt worden und wird auf diesem Planeten gefangen gehalten. Der ganze Spielplatz ist der Planet."

„Und wie heißt der Planet?"

Linus überlegte. Schließlich fiel ihm ein Name ein, der nach einem echten Planeten klang.

„Aulaskimo."

„Aulaskimo?", fragte ein Mädchen, neben dem ein anderes Mädchen stand.

Linus guckte die beiden erstaunt an. Sie waren ungefähr so alt wie er und sie hatten nicht nur die gleichen hellblonden Haare, sondern auch die gleiche Anzahl an Zöpfen und trugen das gleiche hellblaue Kleid.

„Wo sind Mama und Papa?", fragte Meret.

„Meret, willst du Prinzessin Leia sein?"

Meret schien kurz zu überlegen. Dann strahlte sie: „Au ja!"

Meret war, wie Linus fand, ein typisches Mädchen: Immer wollte sie die Prinzessin sein.

„In welchem Film kommt der Planet Auskimann vor?", fragte der Junge mit dem Darth-Vader-T-Shirt.

„Der Planet heißt Au-las-ki-mo, und er kommt in keinem Film vor, sondern er kommt heute vor."

Plötzlich hatte Linus den Eindruck, den Planeten vor seinem inneren Auge regelrecht zu sehen.

„Man nennt ihn auch Windplanet. Da ist es nämlich immer windig, manchmal sogar richtig stürmisch. Und heute ist der Tag, an dem die Jedi-Ritter erfahren haben, dass Leia vom Imperator entführt worden ist."

Inzwischen standen knapp zehn Kinder, die unbedingt mitspielen wollten, um Linus herum. Linus teilte sie auf und fragte den Jungen mit dem Darth-Vader-T-Shirt, ob er den Imperator spielen könnte. Er schaute Linus einen Augenblick lang an, als überlegte er, ob er nicht lieber Jedi-Ritter sein wollte. Dann nickte er.

„Ihr seid die Mariennymphen", sagte Linus zu den Zwillingen mit der Zwillingsfrisur und dem Zwillingskleid.

„Was sind das?"

„Das ist die neue Leibgarde des Imperators. Sie, also die Mariennymphen, gehören zum Marienorden. Die Mitglieder vom Marienorden haben die Fähigkeit, Angreifer in Wachsfiguren zu verzaubern. Auch Jedi-Ritter."

Die Zwillinge nickten.

„Und wie machen sie das?", fragte der Imperator.

„Sie müssen ihnen rechtzeitig die Zauberformel zurufen."

„Aha ... und wie heißt die?"

„Paralysa Subita."

„Para..."

„Paralysa Subita."

„Paralysa Subita?"

„Ja, Paralysa Subita."

Solche Sprüche, auch Paralysa Subita, hatte er sich mal mit Mama ausgedacht. Irgendeinen Trick hatte sie ihm verraten. Einen Trick, wie man sich leicht gut klingende Zaubersprüche ausdenken konnte. Eine bestimmte Sprache brauchte man dafür. Welche, hatte er vergessen. Und genau verstanden hatte Linus den Trick trotzdem nicht.

„Na dann ist alles klar", sagte der Junge.

Wieder nickten die Zwillinge, und Linus hoffte, dass Meret sich vom Imperator entführen ließe, wenn er es gemeinsam mit zwei Mädchen täte. Sein Plan ging auf. Als eines der Mädchen Meret die Hand reichte, ergriff Meret sie sofort.

„Auf nach Aulaskimo!", rief der Imperator, als er begleitet von den beiden Mariennymphen und Meret loszog.

„Auf nach Aulaskimo!", riefen die beiden Mariennymphen.

„Genau, auf nach Au … Auskimo!", rief auch Prinzessin Leia.

Ach Meret, dachte Linus. Du wirst doch entführt. Aber egal, Hauptsache du fragst nicht ständig nach Mama und Papa.

Die Jedi-Ritter zählten bis hundert, dann nahmen sie die Verfolgung auf. Der Imperator war, das hatte Linus aus den Augenwinkeln beim Zählen gesehen, mit seiner Geisel und seiner Leibgarde zum Piratenschiff gerannt.

„Ihr beide nach rechts, wir drei nach links!", rief Linus.

So nahmen sie den Imperator in die Zange. Während die anderen zwei Jedi-Ritter Holzstufen hochliefen, musste sich Linus mit seinem Gefolge an einem Seil hochhangeln. Oben angekommen, suchten sie. Das war schwieriger als erwartet, denn auch der obere Bereich bestand aus einem Labyrinth aus Wegen und Verstecken.

„Ich gehe zum Ausguck", sagte ein Jedi-Ritter.

Er rannte los, und Linus sah, wie er und ein weiterer Jedi-Ritter am Ausguck standen. Irgendjemandem winkten sie zu. Dann hörte Linus jemanden rufen, und die Wörter, die er verstand, waren „Wetter" und „nach Hause".

„Ich muss los", sagte einer der Jedi-Ritter.

Nun waren sie bloß noch vier. Wo hatten sich die anderen bloß versteckt?

„Hier oben sind sie nicht", sagte einer der Jedi-Ritter.

„Okay, dann ab nach unten", sagte Linus.

Da es auch unten zwei Eingänge gab, zwängten sie sich von beiden Seiten durch die Eingänge und wurden von wildestem Geschrei und einer jauchzenden Prinzessin Leia empfangen. Sie waren so laut, dass Linus das, was gerade durchgesagt wurde, abgesehen vom Wort „Haupteingang" nicht verstand. Wahrscheinlich hatte wieder jemand ein Handy verloren, dass dort abgeholt werden sollte.

„Das war ihre Idee, dass wir uns hier verstecken", sagte der Imperator.

Dabei zeigte er auf Meret, die aussah wie an ihrem Geburtstag, als sie ein rosa Kleid mit ziemlich bekloppten Glitzersteinen bekommen und gleich angezogen hatte. In diesem Moment krachte es. Sowohl die Jedi-Ritter als auch die Mariennymphen und sogar der Imperator zuckten zusammen, und Meret klammerte sich an Linus.

„Was ... was war das?", fragte sie mit leicht zitternder Stimme.

„Das war nur ein Donner", sagte Linus.

Aber was für einer. Meret würde er erst wieder loslassen, wenn sie sich beruhigt hatte. Schließlich war er gerade nicht bloß ihr Bruder, sondern auch ihr Papa und irgendwie auch ihre Mama.

„Hat jemand Lust, was zu essen zu holen? Das Spiel ist jetzt ja zu Ende."

Die Mädchen sprangen sofort auf und kamen wenige Augenblicke später wieder. Sie hatten eine Packung Butterkekse und zwei Tafeln Schokolade dabei.

„Wir müssen gleich los. Und euch beiden soll ich auch

Bescheid sagen", sagte eines von ihnen und nickte dem Jungen im Darth-Vader-T-Shirt und dessen Bruder, der ein Jedi-Ritter gewesen war und nur selten etwas sagte, zu.

Sie aßen die Schokolade, dann nahm sich der Junge mit dem Darth-Vader-T-Shirt einen Butterkeks.

„Na dann tschüss", sagte der Junge. Und zu seinem Bruder: „Na komm schon."

„Wir müssen jetzt auch los", sagte ein Zwilling.

„Willst du einen Apfel mitnehmen?", fragte Meret, die den Donner vergessen zu haben schien.

„Ja, warum nicht?", sagte ein Zwilling und nahm den Apfel, den Meret aus ihrem Rucksack gekramt hatte.

War Meret krank, fragte sich Linus. In der Regel gab sie jemandem nur dann etwas ab, wenn sie dabei einen Hintergedanken hatte.

„Krieg ich dafür die Kekse?", fragte Meret.

Puh, sie ist zum Glück nicht krank, dachte Linus, während ein Zwilling Meret einen überraschten Blick zuwarf. Dann lachte sie und gab ihr die Packung Butterkekse.

„Ich schau mal, was draußen los ist", sagte Linus.

Vielleicht waren Mama und Papa ja inzwischen gekommen. Während Meret bei den Mädchen blieb, schaute Linus aus dem Eingang in Richtung Bänke, wo so ziemlich alle Eltern gerade zusammenräumten. Mama und Papa sah Linus nicht, dafür ... nein ... war es denn möglich? Ja, leider. Er sah eine Polizistin! Sie zeigte den Eltern etwas auf ihrem Handy. Etwa Fotos von ihnen? Weil sie nicht gewartet hatten? Weil sie sich in den Zoo geschlichen hatten? Oder weil Linus der Frau und dem Mann das Geld nicht zurückgegeben hatte? Oder war sie aus einem ganz anderen Grund da? Nee, das konnte eigentlich nicht sein. Alle Kinder waren mit ihren Eltern unterwegs. Nur Linus und

Meret nicht. Jedenfalls hatten Mama und Papa sie noch nicht gefunden, obwohl inzwischen bestimmt über eine Stunde vergangen war. Vielleicht sogar anderthalb Stunden.

Auch Linus wollte inzwischen nach Hause. Aber lieber würde er im Schimpansengehege übernachten, als sich von einer Polizistin, vielleicht sogar in Handschellen, zurückbringen zu lassen. Was würden Mama und Papa in einem solchen Fall denken? Richtig! Sie würden sich Sorgen machen. Nicht solche Sorgen, wie sich Mama immer machte, sobald Meret Rolltreppe fuhr, ohne sich festzuhalten. Sondern so richtige Sorgen. Vielleicht hätten sie sogar Angst. Nun stand die Polizistin gerade bei den Eltern von den beiden Mädchen. Jedenfalls hatten die Mädchen dort ihre Rucksäcke liegen. Sie betrachteten die Fotos. Hatten sie sie etwa gesehen? Nun nickte die Mutter. Sie schien Linus und Meret erkannt zu haben.

„Wir müssen jetzt wirklich los. Süß ist deine Schwester, ganz süß. Aber nun musst du allein auf sie aufpassen", sagte ein Zwilling.

Na ja, dachte Linus. Aber er hatte gerade keine Zeit um den Zwillingen zu erklären, weshalb Meret sehr oft alles andere als süß war.

„Seht ihr die Polizistin dahinten?", fragte er.

Sie nickten.

„Die zeigt wahrscheinlich Fotos von uns. Aber die darf uns hier nicht finden. Meine Eltern ... die ... wir sind halt weggelaufen ... aus einem Waisenhaus ... so wie Rasmus ... kennt ihr den..."

Die Mädchen schüttelten den Kopf.

„Rasmus, nicht der aus Kalle Blomquist, sondern der, der den Landstreicher trifft. Die, die Pipi Langstrumpf erfunden hat, die hat auch Rasmus erfunden. Und den kennt ihr nicht?"

„Also ich, ich kenne Pipi Langstrumpf“, sagte die eine.

„Und ich, ich kenne auch Pipi Langstrumpf“, sagte die andere.

Verrückt, die kennen ihn wirklich nicht, dachte Linus.

„Egal, jedenfalls sind wir weggelaufen, und wenn sie uns finden, kommen wir zurück ins Heim, und da werden wir geschlagen…“

„Das glaube ich dir nicht.“

Mist, dachte Linus. Aber er selbst hätte es auch nicht geglaubt, wenn man es ihm erzählt hätte. Ein Heim. So was gab es doch nur in Büchern. Und dann kannten die Mädchen diese Bücher nicht mal.

„Glaubt ihr es mir, wenn ich euch jedem fünf Euro gebe?“

„Dann ja“, sagte die eine.

„Ich will dein Geld nicht, ich glaub dir auch so“, sagte die andere.

„Also ich glaub dir nur, wenn du mir die fünf Euro gibst.“

„Okay. Aber denkt dran: Ihr habt uns nicht gesehen!“

Linus holte die beiden Fünfeuroscheine aus seiner Hosentasche und um sicherzugehen, drückte er beiden Mädchen jeweils einen Schein in die Hand, den sie sofort in die Tasche steckten. Dann liefen sie los, und Linus beobachtete, wie sie mit der Mutter und mit der Polizistin redeten. In diesem Moment hörte Linus wieder eine Durchsage. Die Zoobesucher sollten den Zoo wegen des Unwetters verlassen. Jetzt müssten sie nur noch warten, bis die Polizistin endlich verschwinden würde. Dann würden sie schnell nach Hause rennen.

„Ich will zu Mama“, sagte Meret.

Ich auch, dachte Linus. Und zu Papa. Aber bestimmt nicht begleitet von einer Polizistin.

„Wir gehen gleich los, okay?“

„Nicht gleich. Jetzt. Sofort!“

„Soll ich dir was vorlesen?“

„Ja.“

Also las Linus ihr eine Connigeschichte vor. War das wieder eine blöde Geschichte. Conni spielte Fußball, schoss die Tore und alles gelang ihr. Wie langweilig. Aber Meret fand die Geschichte gut. Und das war die Hauptsache.

„Ich will...“

„Psst...“, sagte Linus.

Inzwischen hatte es zu regnen begonnen. Es prasselte richtig von außen gegen die Wand. Aber das störte ihn nicht. Erstens mochte er Regen. Nur Erwachsene fanden Regen doof. Dabei gab es nichts Tolleres, als im Regen zu schaukeln oder barfuß über nassen Rasen zu gehen. Und zweitens hörte der Regen ja auch irgendwann wieder auf. Aber er hatte noch etwas anderes gehört. Jemand stand vor einem der Eingänge und rief ihre Namen! Eine weibliche Stimme. Mama war es nicht. Ihre Stimme hätte er unter einer Million anderer Stimmen herausgehört. Also musste es die Polizistin sein.

„Du bist noch immer eine Prinzessin und du wirst gesucht. Also musst du jetzt ganz ganz leise sein, okay? Und wir müssen uns hier an die Wand drücken, damit uns niemand findet“, flüsterte Linus.

„Okay“, flüsterte Meret.

Sie hörten noch einmal ihre Namen und jemand leuchtete in die Höhle rein. Dann ging die Taschenlampe aus und niemand rief mehr. Meret drückte sich an Linus und fragte nach Mama und auch wieder nach Papa. Zum wievielten Mal eigentlich? Inzwischen befürchtete Linus, dass sie doch nicht auf die Idee gekommen waren, dass Linus mit Meret schon mal vorgegangen war. Dann wäre Linus an allem schuld. In dem Moment, in dem er spürte, dass ihm die Tränen kamen, begann Meret zu weinen, und das hieß: Linus musste alles tun, um seine Tränen zurückzuhalten. Er war jetzt der große Bruder und noch viel mehr. So wie Eva-Lotta sich im dritten Kalle-Blomquist-Band um den kleinen Rasmus gekümmert hat, so musste er sich jetzt um Meret kümmern. Und Eva-Lotta war nicht mal Rasmus' große Schwester gewesen.

„Na komm, wir gehen dann auch", sagte Linus.

Doch das war unmöglich. Der Regen war so dicht, dass man kaum sehen konnte. Er war wie ein starker Nebel. Ein Nebelregen sozusagen. Auch das passte zum Planeten Aulaskimo. Genau. Sie waren auf Aulaskimo. Und dort müssten sie jetzt erst mal bleiben. Aber in Wahrheit ... in Wahrheit wollte auch Linus bloß noch nach Hause. Am besten sofort in die Badewanne. Gern mit Meret. Meistens durften sie dann noch fernsehen. Leider immer bloß Filme, die Meret auch gut fand. Aber trotzdem war es schön, gemeinsam in eine Decke gehüllt in ihren Schlafanzügen vor dem Fernseher zu sitzen. (Nur die Star Wars-Filme hatte er ohne Meret sehen dürfen. Mit Papa. Und das war auch deshalb toll, weil er etwas mit Papa hatte alleine machen dürfen.)

„Meret ... wir müssen hierbleiben..."

Meret begann wieder zu weinen. Wie auf Knopfdruck. Linus, der gern mitgeweint hätte, spürte, dass seine Stimme auch so klang. Und plötzlich war er sich gar nicht mehr so sicher, ob es nicht ungefähr tausendmal besser gewesen wäre, wäre er einfach zur Polizistin gegangen und hätte ihr alles erklärt. Stattdessen war er im Versteck geblieben. Und nun saßen sie dort.

„Du bist eine Prinzessin, und ich bin dein Papa, und wir sind immer noch auf Aulaskimo, und jetzt bleiben wir hier, okay?", sagte er.

Meret nickte, hörte aber nicht auf zu weinen.

„Alles okay?", fragte Linus noch mal.

„Ja..."

„Du ... du musst dich ums Baby kümmern. Hat es seinen Schnuller im Mund?"

„Weiß nicht", sagte Meret und holte ihre Baby-Puppe aus dem Rucksack.

Nachdem sie dem Baby den Schnuller in den Mund gedrückt hatte, nahm sie es in den Arm und hörte auf zu weinen. Geschafft, dachte Linus. Linus schaute sich um. Ein Junge hatte seine Jacke vergessen. Das war gut, denn es wurde kalt. Sie würden alles gebrauchen können, was sie wärmen könnte.

„Prinzessin..."

„Ja, Papa?"

Linus hätte nie geglaubt, dass Meret ihn als Papa akzeptieren würde. Aber dass sie es tat, machte alles einfacher.

„Komm, Prinzessin, wir suchen jetzt alle Decken, die wir finden können."

Meret nickte, gab dem Baby einen Kuss und legte es auf den Rucksack. Sie schien vergessen zu haben, dass sie nach Hause wollte. Jedenfalls krabbelte sie durch die Gänge, in denen es inzwischen derart dunkel geworden war, dass Linus für die Suche die Taschenlampe benutzte – zum Glück hatte er sie in den Rucksack gepackt! Er hatte gewusst, dass man eine Taschenlampe immer gut gebrauchen konnte. Nach kurzer Zeit hatten sie dreizehn Filzdecken gefunden. Sie breiteten die Hälfte der Decken auf dem Boden aus. Da sie nicht so viel Sitzfläche benötigten, saßen sie schließlich auf einer doppelten Schicht, und tatsächlich fühlte sich der Sand durch diese Filzschicht hindurch nicht mehr so kalt an. Wenn Linus doch bloß wüsste, wie spät es war. Wahrscheinlich schon vier Uhr. Oder sogar schon fünf?

Meret schlief in der Regel um sieben, manchmal auch erst um acht. Sie müssten sich wohl noch ein wenig die Zeit vertreiben und dann, sobald Meret eingeschlafen wäre, würde alles gut werden. Denn wenn man schlief, verging die Zeit am schnellsten.

„Prinzessin…?"

„Papa?"

„Wir machen es uns jetzt richtig gemütlich, okay? Wir teilen die Kekse und den Apfel, und die Brezel habe ich auch noch…"

„Ich die Brezel und die Kekse, du den Apfel!"

Das war die Meret, die er kannte, und zum ersten Mal überhaupt freute er sich darüber, dass sie ihn nervte. Denn das hieß, dass es ihr gut ging. Jetzt bloß keine Fehler machen.

„Genau, du die Kekse und die Brezel, ich den Apfel, und wenn wir Mama und Papa…", sagte Linus.

„Du bist Papa!"

„Ich meine Opa und Oma morgen wiedersehen, dann müssen wir gut ausgeschlafen sein, denn dann müssen wir ihnen ja so viel erzählen."

Meret guckte Linus dabei an, als wundere sie sich darüber, warum er etwas so Selbstverständliches erklärte. Dann biss sie einmal von der Brezel ab.

„Die ist trocken, ich esse nur die Kekse."

Auch das war die Meret, die er kannte.

„Ich habe Durst", sagte sie, nachdem sie gegessen hatten, und holte ihre Flasche aus dem Rucksack.

„Trink nicht gleich alles", sagte Linus, der ebenfalls durstig war und ein wenig aus seiner Flasche trank.

„Hab nichts mehr in der Flasche", sagte Meret, nachdem sie ihre Flasche zurück in ihren Rucksack getan hatte.

Typisch, dachte Linus, der einen kleinen Rest in seiner Flasche übrigließ. Linus aß den Apfel und ärgerte sich darüber, dass er das Taschenmesser nicht hatte mitnehmen dürfen. Denn er mochte es noch immer lieber, Apfelschnitze zu essen. Und auch die Streichhölzer hätten sie gut gebrauchen können. Sie hätten mit den Conniheften ein Feuer machen können, das sie gewärmt hätte. Stattdessen las er Meret nun die Connihefte vor. Eines nach dem anderen.

„Ich muss Pipi", sagte Meret, während er auch das zwölfte und letzte Pixibuch, in dem es nicht um Conni, sondern um den Bären Petzi gegangen war, zum zweiten Mal vorgelesen hatte.

Linus nickte. Das war gut so. Erstens könnte er aufhören, die blöden Geschichten vorzulesen, und zweitens würde sie dann nachts wenigstens nicht einpullern. An eine andere Möglichkeit, als in ihrer Höhle zu übernachten, dachte Linus gar nicht mehr. Sie krochen durch einen Gang zu einem Raum, von wo aus eine Treppe nach oben führte. Hier konnte man stehen.

„Ich halte dich so, wie Mama dich immer hält, okay?"

Meret nickte, und Linus stellte sich hinter Meret, die ihre Leggins und ihre Unterhose nach unten zog. Dann hob Linus sie an den Kniekehlen hoch, was anstrengender war, als er gedacht hatte. Aber es funktionierte! Meret pinkelte, und anschließend pinkelte er ebenfalls.

„Ich bin müde", sagte Meret, als sie wieder in ihrer Höhle waren.

„Weißt du was? Wir ziehen uns erst mal unsere Regenjacken an. Dann ist uns schön warm."

„Na gut", sagte Meret.

Nachdem sie ihre Regenjacken angezogen hatten, wickelte Linus Meret, die ihr Baby wieder im Arm hielt, in eine Filzdecke. Weil das so gut klappte, wickelte er sie in eine weitere Decke und so eingewickelt legte sie sich auf den Boden auf die Seite. Anschließend bedeckte er sie mit zwei weiteren Filzdecken und der gefundenen Jacke.

„Ist dir warm genug, Prinzessin?"

„Alles gut, Papa", flüsterte sie.

Meret hatte die Augen bereits geschlossen und den Daumen in den Mund geschoben.

„Morgen gehen wir dann zu Opa und Oma."

Meret nickte.

„Gute Nacht, Prinzessin."

„Gute Nacht, Papa."

Dann schlief sie ein. Linus glaubte richtig zu sehen, wie sie in einen tiefen und hoffentlich langen Schlaf fiel. Wenn sie erst am Morgen aufwachte, hätten sie es geschafft. Dann könnten sie ihre Sachen zusammensuchen und nach Hause oder ins Büchereck gehen.

Leider musste Linus schon wieder an die Polizistin denken. Waren es doch Mama und Papa gewesen, die die Polizei benachrichtigt hatten? Linus wusste plötzlich nicht mehr, was richtig oder falsch war. Sein Herz begann zu rasen. Wie nach einem Fünfzigmeterlauf nach den Bundesjugendspielen. Dabei war er doch gar nicht gelaufen. Harry Potters Herz raste auch oft. Jetzt, wo sein eigenes Herz so seltsam pochte, wusste er plötzlich, wie es Harry Potter in solchen Situationen ging.

Linus begann zu weinen. Es war anstrengend gewesen, nicht weinen zu dürfen. Er weinte und es tat gut zu spüren, wie die zurückgehaltenen Tränen aus seinen Augen liefen, als hätte jemand einen Hahn aufgedreht. Nachdem er sich ausgeweint hatte, wickelte sich Linus ebenfalls in eine Decke ein. Er setzte sich so hin, dass Meret, sollte sie aufwachen, als Erstes Linus' Beine spüren würde. Vielleicht würde sie dann einfach weiterschlafen.

Er lehnte sich sitzend mit dem Rücken an die Wand und fand es erstaunlich gemütlich. So schlimm war es gar nicht, dass Meret und er eine Nacht im Zoo verbringen mussten, fand er. Denn das, was sie gerade erlebten, war ein richtiges Abenteuer. Zum Glück hatte er den *Feuerkelch* dabei. Er würde erst noch ein paar Seiten lesen, bevor er versuchen würde zu schlafen. Dafür stellte er die Taschenlampe so ein, dass es hell genug war, um zu lesen.

Fleisch, Blut und Knochen ... so hieß das Kapitel, in dem Linus endlich erfahren würde, was mit Cedric und Harry geschehen war. Sie hatten ja gemeinsam den Pokal angefasst ... oh Mann ... wo sind sie denn jetzt, fragte sich Linus ... auf einer Art Friedhof ... ist es da düster ... und wenige Augenblicke später fühlte sich Linus, als wäre er wie Bastian aus der *Unendlichen Geschichte* ins Buch gesaugt worden, um Harry zu helfen... Er las und las und blätterte die Seiten immer aufgeregter um, er las und las, bis das Licht der Lampe erst schwächer wurde und dann ausging. Schade, also würde er erst morgen zu Ende lesen können.

Gerade als Linus sich zudecken wollte, hörte er jemanden „Scheiße" rufen. Vielleicht Papa, der ihn im Zoo suchte? Linus kroch zum Ausgang und sah zwei Männer auf einer Bank sitzen. Was machten diese Männer denn da? Mitten in der Nacht? Linus' Magen zog sich wieder zusammen. Dieses Mal zog sich aber nicht bloß sein Magen zusammen. Plötzlich war ihm auch kalt. Es fröstelte ihn geradezu. So sehr, dass er am ganzen Körper zitterte. Dabei war ihm doch eben noch so warm gewesen. Das Schlimmste, was passieren konnte, war, wenn die Männer ihn bemerkten. Was würden sie dann mit ihm machen? Er traute sich nicht einmal mehr zu atmen. Einen Augenblick lang hielt er tatsächlich die Luft an.

Bloß weg hier, dachte Linus. Bis jetzt ist doch alles gut gegangen. Er schlich zurück. Langsam und vorsichtig. Dann wickelte auch er sich ein und legte eine Decke über sich und die letzte Decke über sich und Meret. Sie hatte immer noch den Daumen im Mund. Er legte seine Hand auf ihre Wange. Sie war ganz warm. Zum Glück. Linus dachte an Mama und Papa. Würden sie jetzt gerade schlafen? Und dann dachte er an gar nichts mehr. Er hatte keine Kraft mehr zu denken. Er hatte nur noch Kraft zu schlafen. Ja, schlafen wollte er.

Als er aufwachte, war es bereits hell. Er schüttelte den Kopf, als könnte er selbst nicht glauben, was geschehen war. Und dass sie tatsächlich die Nacht im Zoo verbracht hatten, war ja auch fast nicht zu glauben. Arme Mama, armer Papa. Die haben bestimmt nach ihnen gesucht. Linus richtete sich auf und schaute sich um. Meret saß neben ihm. Noch immer in Decken gewickelt. Das Baby fest an sich gedrückt.

„Bin gerade aufgewacht", sagte sie.

In diesem Moment kam ein Junge durch den Eingang gekrochen. Er schaute sich um, sah Linus und Meret, und ging, ohne etwas zu ihnen zu sagen, in gebückter Haltung weiter. Linus half Meret, sich von den Decken zu befreien. Dann packte er seine und ihre Sachen zusammen.

„Durst", sagte Meret.

Linus trank einen Schluck aus seiner Flasche und reichte sie danach Meret, die sie in einem Zug austrank. Anschließend verließen sie das Versteck. Auf dem Spielplatz liefen Kinder herum. Der Zoo hatte also schon offen. Dann hatte auch das Büchereck offen. Im Büchereck war auf jeden Fall jemand. Vielleicht sogar Papa und Mama. Und wenn nicht, so würden Hannes oder Ceyhan sie benachrichtigen. Und Meret und er, sie würden einen warmen Kakao trinken und ein Croissant essen. Ja, das würden sie machen.

„Komm, wir gehen", sagte Linus.

„Wohin?"
„Ins Büchereck."
„Und was machen wir dann?"
„Dann gehen wir nach Hause."

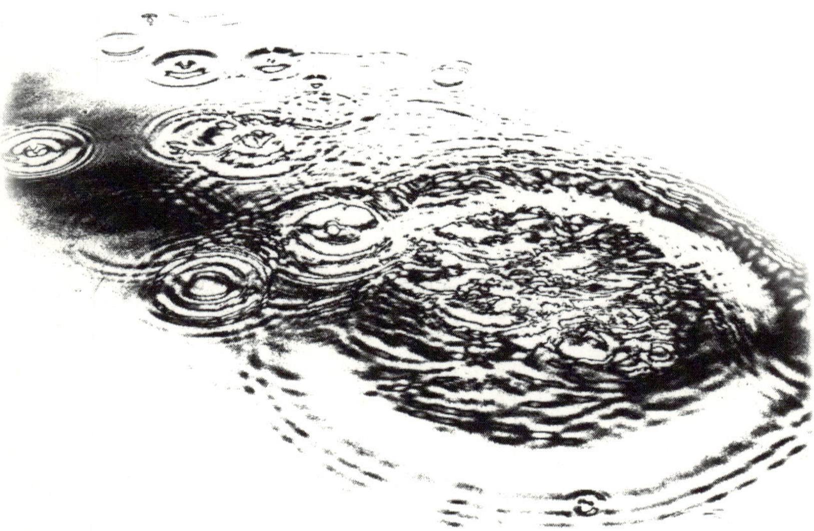

DANKSAGUNG

Die erste Fassung dieses Romans habe ich im Jahr 2009 begonnen. Der Berliner Kriminalhauptkommissar Manfred Szekielda, der längst pensioniert worden ist, war so freundlich, meine vielen Emails zu beantworten. Ohne ihn hätte ich bei manchen Szenen, in denen die Polizei auftaucht, nicht einmal gewusst, wie ich beginnen soll. Und als ich sie dann fertiggeschrieben hatte, wies er mich erneut auf Mängel hin.

Steffen Schneider von der Wuppertaler Galerie Blickfang, die es nicht mehr gibt, antwortete ausführlich und postwendend, als ich dann doch einige Details über den Kunstbetrieb in Erfahrung bringen wollte.

Die Idee und einige Anmerkungen zu Berlin (Achtung: Spoiler!)

Ich habe mit meiner Familie von März 2007 bis September 2009 in Berlin in der Nähe der S-Bahnstation Tiergarten gelebt. Die Erzieherin der Gruppe meines Sohnes, damals fünf Jahre alt, hat uns Eltern an einem Elternnachmittag gesagt: „Lasst eure Kinder ruhig mal eine Station allein mit der S-Bahn fahren. Das müssen sie lernen." Dieser Satz war die Geburtsstunde dieses Romans. Denn sofort dachte ich: Und was ist, wenn sie dann nicht da sind?

Die erste Version schrieb ich in Wuppertal, wo ich von 2009 bis 2020 lebte, in einem Rutsch in wenigen Wochen. Anschließend habe ich den Roman immer wieder überarbeitet, bis ich im Frühjahr 2021 in Göteborg, meiner aktuellen Heimat, die letzten Korrekturen vornahm.

In all den Jahren hat sich Berlin verändert. Das Café Brel am Savignyplatz gibt es nicht mehr. Ich war dort einige Male und habe die Atmosphäre stets genossen. Es war wirklich „französisch“ und ich liebe Frankreich und die französische Sprache (und die Chansons des Belgiers Jaques Brel).

In meiner Berliner Zeit ging ich mit meinen Kindern einmal, manchmal auch zwei- oder gar dreimal pro Woche in den Berliner Zoo beziehungsweise Zoo Berlin, wie es richtig heißt. Und auch jetzt gehört ein Zoobesuch für mich zum Pflichtprogramm, wenn ich in Berlin bin, und meine inzwischen großen Kinder kommen gern mit. Der Zoo hat sich ständig verändert. Irgendwann habe ich mich entschieden, die Veränderungen nicht mehr mit einzuarbeiten. Schließlich schrieb ich keinen Zooführer, sondern einen Roman. Und auch in den nächsten Jahren wird sich der Zoo mit Sicherheit immer wieder verändern, schließlich sind Zoos etwas Lebendiges. Romane auch! Aber sie werden in der Regel, wenn sie denn erschienen sind, nicht mehr „angepasst“.

Foto: Daniel Schmitt

BIOGRAFIE

Arne Ulbricht, Jahrgang 1972, wuchs im direkt an der Ostsee gelegenen Kieler Vorort Schilksee auf. 1996 verließ er Kiel und lebte in Nancy, Tübingen, Paris, Hamburg, Berlin und Wuppertal. Momentan wohnt er mit seiner Familie in Göteborg, wo er alt werden möchte.

Arne Ulbricht ist Autor verschiedener Sachbücher, eines Kinderbuchs, eines Erzählbands und zweier Romane. Sein Roman über den französischen Schriftsteller Guy de Maupassant ist ins Französische übersetzt worden. Seinen letzten Roman Schilksee 1990 bezeichnet er selbst als seinen „persönlichsten Roman" – er ist im September 2020 in der Edition Outbird erschienen. Arne Ulbricht versteht Autorinnen und Autoren nicht, die ständig betonen, wie sehr sie beim Schreiben leiden. Denn für ihn gibt es nichts Schöneres.

Bereits erschienen in der Edition Outbird:

Arne Ulbricht - Schilksee 1990

Der Erfolgsschriftsteller Fabian Herzog fragt sich nach wüsten Auseinandersetzungen mit seiner siebzehnjährigen Tochter immer häufiger, wie er selbst als Siebzehnjähriger war. Als er die Gelegenheit erhält, den Oktober 1990 ein zweites Mal zu erleben, zögert er nicht lange. Plötzlich ist er wieder siebzehn, streitet über die Wiedervereinigung, trinkt Flens und prügelt sich mit Skinheads. Wichtiger als alles andere ist Fabian allerdings, nach einer überstürzten Trennung seine erste große Liebe Juli zurückzugewinnen…

Arne Ulbrichts Roman „Schilksee 1990" ist ein Roman über eine Jugend (im Jahr 2019), die am Frühstückstisch YouTube-Videos schaut und durch Fridays for Future politisiert wird, über eine Jugend (im Jahr 1990), die viel Lebenszeit in Telefonzellen verbrachte und auf Wahlkampfveranstaltungen Helmut Kohl ausbuhte und über eine Amour fou: So wie Fabian und Juli lieben, kann man nur lieben, wenn man siebzehn ist.

Bereits erschienen in der Edition Outbird:

Mona Krassu - Falsch erzogen

Solveig Eckstein hat viele Träume. Zum Beispiel diesen, eine herausragende Schauspielerin zu werden. Bereits in den ersten Schuljahren liest sie Gedichte von Eva Strittmatter. Obwohl sie diese nicht versteht, ist sie vom Klang der Worte begeistert. Solveigs Liebe zur Literatur und zum Schauspiel festigt sich, als sie im Rahmen der Timurarbeit die Schauspielerin Eleonore Sattler kennenlernt. Diese Frau gibt ihr Halt in einer Zeit, in der sich die Eltern immer öfter streiten und schließlich trennen.
Anfangs aus Unwissenheit, später als Auflehnung gegen ihren Stiefvater Hartmut, gerät Solveig zunehmend in Konflikt mit dem Diktaturstaat DDR.
Heimlich trifft sie sich mit anderen Jugendlichen im „Bau", einem Abrisshaus, in dem sie die Musik von Udo Lindenberg hören und selbst texten und musizieren.
Was passiert in einer Diktatur mit Kindern, die schon als Schüler nicht ins sozialistische System passen? Die Genossen und Funktionäre in der DDR haben ihre Methoden. Sie nutzen auch die Mittel der Medizin, wenn es darum geht, junge Menschen auf Linie zu bringen.
Wie Mädchen und junge Frauen in den sogenannten Tripperburgen gedemütigt und misshandelt wurden, ist unfassbar. Im Roman „Falsch erzogen" erzählt Mona Krassu die Geschichte eines dieser Mädchen.

AULASKIMO

Arne Ulbricht

EDITION
OUTBIRD